Armando Bastida

CUENTOS para criar con AMOR Y RESPETO

Ilustrado por
Albert Arrayás

NUBE **DE TINTA**

Papel certificado por el Forest Stewardship Council®

Penguin
Random House
Grupo Editorial

Primera edición: noviembre de 2021

© 2021, Armando Bastida
© 2021, Penguin Random House Grupo Editorial, S. A. U.
Travessera de Gràcia, 47-49. 08021 Barcelona
© 2021, Albert Arrayás, por las ilustraciones

Printed in Spain – Impreso en España

ISBN: 978-84-17605-86-5
Depósito legal: B-15.042 2021

Compuesto en La Nueva Edimac, S. L.

Impreso en Índice Artes Gráficas, S. L.
(Barcelona)

NT 0 5 8 6 5

Para la mariposa que echó a volar después de que le salieran alas en las cicatrices.

TÚ TAMBIÉN ERES ÚNICA E IRREPETIBLE

Era el primer día de colegio y Aroa, que tenía seis años, no estaba muy contenta. La familia la había animado mucho porque ese año iba a ir por primera vez al colegio de mayores, pero estaba disgustada porque la habían separado de Martina, su mejor amiga.

Y no solo faltaba Martina, sino que, además, ¡había demasiadas mesas y sillas! Y eso hacía que tuvieran que pasar mucho más tiempo quietos, sentados en sus pupitres, y que quedara ya lejos lo de descalzarse y jugar por el suelo. Ah, y tampoco estaba el profe con el que había estado dos años seguidos, Víctor. Ahora tenía a una nueva profesora, Ángeles.

En la nueva clase había muchos menos juguetes y juegos, y muchos más libros. Según Aroa, demasiados. A ella le gustaban mucho los libros y los cuentos, pero los del colegio tenían muchas más letras y menos dibujos, y le agobiaba pensar que, si tenían que leer tanto, quizá no les quedaría tiempo para jugar.

Ya en las primeras semanas se dio cuenta de que ese año tenían que empezar a leer y escribir, y aunque le hacía cierta ilusión, pronto se percató de que todos aprendían más rápido que ella.

Y es que Aroa siempre había tenido problemas con el desarrollo del lenguaje. Cuando era más pequeña, veía cómo todos se explicaban cosas en clase y ella, a pesar de que les entendía, no era capaz de usar bien las palabras y apenas podía contarles alguna cosa. Solo decía unas pocas palabras y, cuando lo hacía, se quedaban mirándola callados, intentando entenderla, porque las pronunciaba de forma diferente.

Por eso empezó a ir una tarde a la semana a un logopeda, y aunque llevaba ya tres años yendo, seguía costándole hablar de manera que los demás la entendieran bien. De hecho, quien mejor la entendía era Martina, pero ahora ya no estaba en su clase, así que se sentía un poco sola e insegura.

Los lunes por la mañana, la profesora Ángeles preguntaba a todos los niños y las niñas qué habían hecho el fin de semana para que todos tuvieran la oportunidad de explicar cosas de su vida a los demás y que así se conocieran mejor.

Aroa siempre decía que no habían hecho nada especial y que habían pasado el fin de semana en casa. Pero era mentira. Casi todos los fines de semana hacía cosas divertidas, como ir de excursión a la montaña, visitar museos rarísimos, ver obras de teatro, sacar libros de la biblioteca, ir a pueblos desconocidos, comer en sitios nuevos, irse de acampada…, y siempre con su familia, lo cual era genial.

Pero llegaba el lunes y Aroa se ponía nerviosa porque creía que no lo sabría explicar, que no la entenderían y que algún niño se burlaría de ella, como el bruto de Biel, que siempre le preguntaba cosas para reírse de cómo hablaba.

—Aroa, ¿tú qué has hecho este fin de semana? —preguntó un lunes su maestra.

—Nada. En casa —contestó Aroa, sin ganas de seguir hablando.

—¿Todo el fin de semana?

—Sí. En casa y el parque.

—Ah, entonces sí que habéis salido de casa. ¿Quieres contarnos qué tal te lo pasaste en el parque?

—No —contestó Aroa pensando que no debería haber dicho nada más.

Y lo mismo pasaba cuando tenían que leer en clase, cada uno una palabra. Se quedaba bloqueada porque todos leían más o menos bien. A ella, aunque entendía las palabras del libro, le costaba más decirlas.

Todos estaban aprendiendo a leer y escribir, y ella se sentía fatal y diferente. Y sola. Al menos hasta que llegaba la hora del patio, que era cuando podía compartir algunos ratos con Martina.

Un día, estaban ellas dos en el patio cuando otra niña se les acercó.

—Hola, soy Eva. Tú eres Aroa, ¿verdad? Vamos juntas a clase. Y tú, ¿cómo te llamas? —dijo dirigiéndose a Martina.

—Yo soy Martina, voy a la otra clase. Eres nueva, ¿verdad?

—Sí, vengo de otro colegio. ¿Puedo quedarme aquí con vosotras?

—Sí —contestó Aroa, que se quedó mirando las zapatillas de Eva.

—Ah, sí, mis zapatillas… Todo el mundo las mira. En una tengo más suela que en la otra porque tengo una pierna más larga y siempre me tienen que hacer zapatillas especiales.

—Me gustan —respondió Aroa.

Una de las suelas era muy gruesa, pero las zapatillas eran azul turquesa y tenían unas flores muy bonitas con lentejuelas.

—A mí no. Pero las necesito así. El día que me veas correr te darás cuenta de que siempre, siempre, soy la última —explicó Eva, como si ya no le importara demasiado.

—Yo tampoco corro mucho —dijo Martina, intentando animarla.

—Mi padre siempre dice que él solo correrá el día que lo persigan o cuando llegue tarde a algún sitio. Aunque creo que lo dice para animarme. Y para que me ría.

—Tu papá es gracioso —dijo Aroa, contenta de haber hecho una nueva amiga.

Pasaron las semanas y las nuevas amigas compartieron cada vez más tiempo. Con Martina y Eva, Aroa sentía que podía ser ella misma. No les importaba si

hablaba mejor o peor, o si tardaba un poco más en decir las cosas. Martina y Eva la entendían. Y no solo eso, sino que a las dos les encantaba estar con ella, porque les parecía que hacían un gran equipo juntas.

Eva y Aroa compartían muchos ratos en clase, y a Aroa le gustó descubrir que Eva tenía siempre grandes ideas y hacía planes increíbles. A ella lo que se le daba genial eran las manualidades, los juegos de mesa y dibujar. Aroa le contó a su amiga que Víctor, el profesor del año anterior, siempre se quedaba un buen rato mirando sus dibujos. Y decía que era fascinante el nivel de detalle y la cantidad de cosas que llegaba a comunicar teniendo solo cinco años. Era como si todo lo que no podía decir con las palabras lo dijera con las manos.

Una tarde, Aroa y Eva fueron juntas al parque con el abuelo de Aroa. Estaban jugando a sus cosas, pasándoselo genial, cuando apareció Biel con otros niños. A las dos amigas no les caía muy bien, porque siempre acababa riéndose de ellas y diciendo que eran bichos raros.

—¿Podemos jugar con vosotras? —les preguntó Biel.

—No. Estamos jugando solas —respondió Eva, que sabía que no tenía buenas intenciones.

—¿No quieres jugar con nosotros, Aroa? —dijo Biel.

Pero Aroa no respondió.

—¿Por qué no hablas? ¿Por qué nunca hablas? ¿No sabes hablar? —insistió él.

—¿No sabes hablar? —repitió un amigo suyo.

—¡Dejadla en paz! —salió en su defensa Eva—. ¡Ya os hemos dicho que no queremos jugar con vosotros!

—¿Eres tonta, Aroa? Si no sabes hablar es porque eres tonta. Y a ti, Eva, ¿qué te pasa en los pies? —se burló Biel, que no soportaba que le dijeran que no.

Aroa se enfadó tanto que corrió hacia Biel y le pegó. ¿Por qué era tan malo? ¿Por qué era tan malo con ellas? ¡Si no le habían hecho nada!

El abuelo, que lo oyó y vio todo, corrió para intentar mediar y separarlos. También se acercó el padre de Biel para saber qué había pasado. Se contaron el uno al otro lo que habían visto e hicieron que se pidieran disculpas mutuamente: Biel, por insultar a Aroa y a Eva, y Aroa, por pegar a Biel.

Pero el abuelo se marchó pesaroso, y cuando llegaron a casa, explicó lo que había pasado. Le preguntó a la madre de Aroa si no sería mejor que la niña fuera más días al logopeda, o que fuera a otro especialista, para que aprendiera a hablar mejor. No quería que los otros niños se metieran con su nieta y, además, le preocupaba que le fuera mal en la escuela.

Eso hizo sentir a Aroa peor todavía, y esa noche le preguntó a su madre:

—¿Soy tonta?

—No, Aroa. No eres tonta. Lo que pasa es que los sonidos llegan a tu cabeza de manera diferente y por eso las palabras se te enredan las unas con las otras. Pero eso no quiere decir que seas tonta. Eres una niña listísima.

Madre e hija estuvieron hablando un rato sobre ello, y su madre decidió charlar con la maestra para explicarle lo que había sucedido y para que buscaran la manera de ayudar a Aroa en clase.

Así, el lunes siguiente, cuando cada niña y cada niño tenía que explicar lo que habían hecho ese fin de semana, la profesora Ángeles dijo:

—Hoy no quiero que lo expliquéis. Hoy quiero que lo dibujéis. Contadnos a todos qué habéis hecho este fin de semana con vuestros dibujos, y seremos los demás quienes tendremos que adivinar qué habéis hecho, ¿vale?

Tras dejarles un rato para que dibujaran, la profesora Ángeles fue enseñando los dibujos a todo el grupo, uno a uno, para comentar lo que veían en él y explicar entre todos lo que había hecho durante el fin de semana la niña o el niño que lo había dibujado. A veces les resultaba bastante fácil, pero otras veces era más difícil saber qué había hecho el autor o la autora del dibujo durante el fin de semana. Cuando llegaron al de Aroa, todos pudieron ver que había estado con Eva, que

habían ido a bañarse al río, que habían cogido piedras y que después las habían pintado en casa. Así que se acercaron a ella para felicitarla por su dibujo y preguntarle por las piedras: si las había traído a clase, si las podría traer otro día...

Unas semanas después, la profesora dijo que había que elegir a un niño o a una niña para hacer un dibujo que participaría en un concurso a escala provincial. La mayoría de la clase escogió a Aroa, que se puso contentísima.

Se esforzó mucho, porque quería devolver a la clase la confianza que habían puesto en ella. Aunque el mero hecho de haber sido escogida por sus compañeros era ya un premio para Aroa, le hacía mucha ilusión ganar para poder celebrarlo con su clase.

¿Y sabéis qué? Una mañana, la profesora Ángeles los esperaba en clase con una sonrisa de oreja a oreja. Primero, les dijo que se sentaran un momento y luego le pidió a Aroa que se pusiera de pie y anunció:

—¡Aroa, enhorabuena! ¡Has ganado!

Toda la clase empezó a gritar y saltar de alegría y corrieron hacia ella para abrazarla y felicitarla. Eva se acercó también para darle un abrazo enorme, y después, en el patio, Martina también se puso muy contenta por ella.

Ese día, y a lo largo de ese curso, Aroa y sus compañeros aprendieron que hay personas a las que a veces les cuesta un poco más hacer algunas cosas, pero, sin embargo, pueden ser muy buenas haciendo otras, e incluso destacar por encima de la mayoría. Y no solo eso: también aprendieron que no hay nadie igual que otro y que, en realidad, son esas diferencias las que nos hacen únicos e irrepetibles.

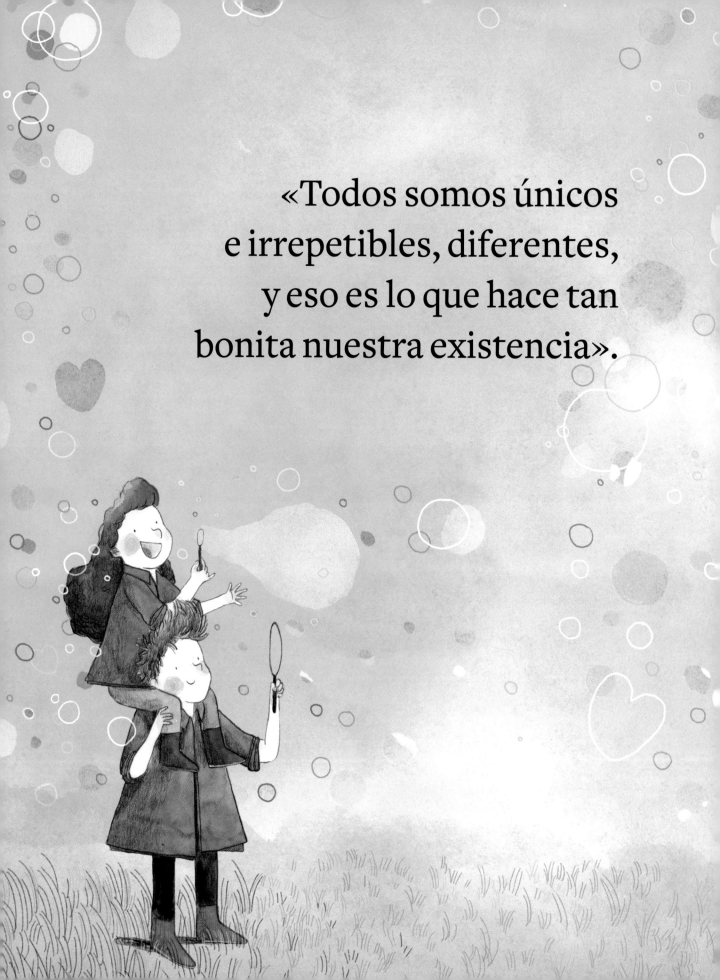

«Todos somos únicos
e irrepetibles, diferentes,
y eso es lo que hace tan
bonita nuestra existencia».

Unidad didáctica para progenitores

La historia de Aroa y Eva es la de miles de niñas y niños que tienen dificultades o bien diferentes capacidades, y en algún momento sienten el peso de la presión de una sociedad que tiende a estar más cómoda con lo que puede encasillar dentro de esa extraña definición de «lo normal».

Es un cuento para explicar a los niños, pero con la intención de que deje poso también en sus progenitores. De hecho, los peques a menudo nos dan increíbles lecciones porque lo ven todo de una forma mucho más simple que las personas adultas, y asumen con una facilidad pasmosa que todos somos diferentes y que cada uno tiene unas capacidades y características propias.

Hace unos días, precisamente, una amiga me explicó una anécdota muy curiosa que le había pasado con su hijo. Estaban en el parque y su peque quiso jugar con el cubo y la pala de una niña, por lo que se acercó para preguntarle si le dejaba cogerlos. La niña le respondió que no, así que fue a su madre para contarle que una niña no le prestaba sus juguetes.

—¿Qué niña es? —preguntó ella.
—La del vestido de flores —le contestó su hijo.

Sin embargo, cuando la madre levantó la mirada vio a un montón de niñas con vestidos de flores, así que le pidió que fuera un poco más específico.

Entonces él se acercó a la dueña del cubo y la pala y se la señaló.

Era una niña negra con un vestido de flores. Y era la única niña negra del parque. Pero, para él, la mejor forma de describirla era por la ropa que llevaba, porque para el pequeño todos los seres humanos eran iguales. Ese día mi amiga aprendió algo, y yo también cuando me contó la anécdota, y es que, como digo, las niñas y los niños son las personas con la mirada más pura y libre de prejuicios que hay. Ni siquiera se dan cuenta de que hay niñas con un color de piel diferente a la mayoría. Es con el paso de los años, y a medida que van leyendo y, sobre todo, escuchando los juicios de valor de los adultos cuando empiezan a ser más o menos respetuosos y tolerantes con la diversidad.

Somos las personas adultas las que fomentamos el racismo, el clasismo, la homofobia y todos los «-ismos» y las «-fobias» discriminatorios, porque tenemos la extraña afición de compararnos con los demás, de opinar de la vida de los demás, de criticar lo que dicen y lo que hacen, de poner énfasis en la diferencia.

Es decir, somos nosotros quienes enseñamos a nuestros peques que está bien hablar de los demás cuando opinamos delante de ellos sobre lo mal que le queda el vestido a alguien, sobre lo mal que le queda ese peinado, sobre cómo puede ser que lleve tanto maquillaje, sobre lo gordo que se ha puesto alguien desde la última vez que os visteis o la mala cara que tiene, o sobre lo que ha hecho nuestro cuñado, nuestro vecino o tal persona en la televisión, sin darnos cuenta de que estamos dándoles permiso para hacer lo mismo.

Einstein dijo: «Todos somos genios. Pero si juzgas a un pez por su habilidad para trepar árboles, vivirá toda la vida pensando que es un inútil».

Aroa, la protagonista del cuento, tiene un trastorno específico del lenguaje (TEL) de tipo fonológico, y de ahí sus dificultades para aprender a leer y escribir. Sin embargo, tiene una

increíble capacidad para comunicar lo que siente y piensa a través del dibujo, porque sus habilidades cognitivas son como las de cualquier niño neurotípico.

Es como si juzgáramos a los peces por no saber trepar árboles: no solamente estamos prejuzgando y etiquetando a otras personas, cosa que hará que se sientan mal, sino que también estamos desaprovechando fantásticas oportunidades de aprendizaje, porque la diversidad, sobre todo, nos enriquece.

Stephen Hawking era un genio y, sin embargo, debido a su esclerosis lateral amiotrófica, era totalmente dependiente en los aspectos más básicos de la vida. Si yo hubiera podido pasar diez minutos de mi vida charlando con él sobre sus teorías, estoy seguro de que me habría sentido inútil a su lado por no ser capaz de comprenderlas.

Es importante, para la autoestima de los niños y las niñas, evitar el uso de etiquetas. Tendemos a ser tremendamente reduccionistas y emitimos nuestros juicios en forma de etiquetas que se convierten, a menudo, en losas para ellos. Cuando Aroa pasa a ser en clase «la niña que no habla», esa es y será durante mucho tiempo la etiqueta que la defina. Igual que Eva es «la niña que tiene una pierna más larga que la otra». Y, sin embargo, tanto Aroa como Eva tienen muchas cualidades que merecen ser vistas, y, ojo, sin que necesariamente tengan que ser sobresalientes en nada. Aroa dibuja muy bien, pero quizá es también una apasionada de los volcanes o colecciona sellos. ¿Por qué tendrían los demás que recordarla solo porque tiene una mayor dificultad con el lenguaje?

Una buena autoestima es básica para un desarrollo psicológico y emocional saludable, y los pilares de la misma se levantan durante la infancia, momento en el cual comenzamos a construir nuestro autoconcepto en base a cómo percibimos que nos ven las personas que nos rodean.

Así, si una niña o un niño tiene la libertad de desarrollar sus intereses y potencialidades, y las personas de su entorno valoran su esfuerzo y dedicación, crecerá pensando que puede conseguir muchas cosas con trabajo y esfuerzo. Por el contrario, si se le dice repetidamente que es torpe haciendo algo o que debería hacer otras cosas, o si se le compara con otros niños o niñas, se terminará autopercibiendo como persona no válida en esas actividades y, probablemente, las acabará dejando, aunque le apasionen, porque sentirá cada vez más vergüenza y temor de exponerse a las críticas (a nadie nos gusta escuchar repetidamente lo mal que hacemos algo).

Quizá hayáis oído hablar alguna vez de la teoría del efecto Pigmalión. Si no lo habéis hecho, os animo a buscar información sobre ella, pues se trata de algo parecido a una profecía autocumplida. Esta teoría afirma que si quien te cuida o educa cree que eres capaz de hacer algo, hay muchas más probabilidades de que lo logres que si esa persona considera que no serás capaz. En relación con esto, me encanta otra frase de Einstein: «Como no sabía que era imposible, lo hizo».

Si las niñas y los niños no etiquetan ni comparan a sus iguales, ¿por qué lo hacemos nosotros? ¿Os habéis dado cuenta de que, al final del cuento, toda la clase celebra el premio que ha conseguido Aroa? Todos sus compañeros y compañeras se alegran muchísimo por ella, porque de alguna manera es un premio de toda la clase. Y no se alegran porque sientan pena por ella —es lo mejor de los niños, que no son condescendientes, no intentan compensar—, sino que se alegran porque ha ganado, igual que se habrían alegrado si hubiera ganado cualquier otro niño.

Es eso, precisamente, lo que necesitan Aroa y Eva: que las traten como al resto, que no sientan pena por ellas. Todos somos únicos e irrepetibles, diferentes, y eso es lo que hace tan bonita nuestra existencia. Las personas que nos rodean pueden aportar algo a nuestras vidas, y nosotros a las suyas. Solo hay que saber escuchar y querer abrir la mente para dejarles entrar.

Tratemos de hacerlo para mejorar nuestras vidas y servir de modelos positivos para nuestros hijos e hijas. Nuestra responsabilidad y obligación como madres y padres es criar a nuestros peques de manera que tengan un apego seguro, que puedan ser ellos mismos y ellas mismas y se sientan aceptados y queridos por ello, que puedan desarrollar una adecuada autoestima y brillar tanto como quieran y puedan.

¿Y cómo se hace eso? Espero que con estos cuatro cuentos y con los cuatro de *Cuentos para criar con sentido común* tengáis ya unas cuantas pautas e ideas, pero, a modo de resumen, os diré que sobre todo debéis dedicarles tiempo y atención. Vuestros peques tienen que sentir que son importantes para vosotros y que también lo son por y para ellos mismos, y tienen que saber que, hagan lo que hagan, pase lo que pase, los querréis siempre. Que vuestro amor es inquebrantable, aunque cometan errores y aunque os enfadéis con ellas o ellos. Vuestro amor es y será incondicional.

Hay que evitar usar etiquetas. No debemos etiquetarlos a ellos, ni a nadie de su clase, ni a sus amigas o amigos, ni a ninguna persona... Tenemos que ser más amables y tolerantes, vivir y dejar vivir, y así ellos aprenderán a ser respetuosos y tolerantes.

Tampoco deberíamos compararlos con otros niños y niñas. A nadie le gusta ser comparado, porque el mensaje que se recibe es que debería ser menos como es y parecerse más a la otra persona. Y no funciona así. Podemos decirles lo que hacen bien y lo que hacen no tan bien, y explicarles lo que te hace sentir algo que ha dicho o ha hecho, sin necesidad de decirle que sería mejor si fuera otra persona.

Por supuesto, y como leeréis en otro cuento, hemos de validar sus emociones. Todas son aceptables, incluso las que les generan y nos generan más frustración: la ira, la tristeza... Tienen todo el derecho a sentirlas. Cuando les pedimos que dejen de llorar o afirmamos que nos gustan más cuando están contentos, les estamos diciendo que están «sintiendo mal». Las emociones son únicas y personales, nadie puede deslegitimizar lo que otra persona expresa que siente.

También ayuda que les permitamos tomar muchas de las decisiones que atañen a su vida en el día a día (dependiendo de su nivel madurativo), como, por ejemplo, elegir la ropa cada mañana, qué les apetece comer de entre las opciones que les ofrezcamos o el juego al que jugaréis juntos, tal como os conté en el cuento «Tienes que hacer algo», de *Cuentos para criar con sentido común*, porque así cometerán sus propios errores. No sé si lo sabíais, pero es maravilloso equivocarse, porque así tienes la oportunidad de intentarlo de nuevo con otra estrategia. Y con cada error se genera un aprendizaje. De esta forma, cuanto más se equivoque un peque, mayor capacidad de frustración tendrá, y mayor criterio a la hora de tomar decisiones. Es curioso, porque cuando éramos pequeños nos penalizaban si nos equivocábamos. Quizá por eso hay tantas personas adultas que no saben muy bien qué hacer con sus vidas. Tienen tanto miedo de equivocarse que prefieren no moverse en absoluto de sus vidas, a menudo cómodas aunque quizá no del todo satisfactorias.

Y en este sentido, vale la pena reconocer más su esfuerzo que el resultado. Es mejor decirles que valoramos mucho todo lo que se han esforzado y su dedicación. Si valoramos solo el resultado, nos convertimos en jueces, y corremos el riesgo de que acaben haciendo las cosas para obtener la aceptación o el cariño de quienes los rodean, cuando lo realmente motivador es que las hagan por su deseo de alcanzar sus propios objetivos, para sentirse gratificados por haberlo conseguido, independientemente de si a los demás les gusta más o menos. No sabéis la cantidad de peques que dibujaban porque les gustaba hacerlo y

acabaron haciéndolo para que alguien le dijera que su dibujo era bonito, y al final dejaron poco a poco de dibujar cuando vieron que otros lo hacían mejor. Yo fui uno de ellos.

Ojalá las Aroas y las Evas de hoy puedan crecer en un mundo en el que sus compañeros y compañeras no se contaminen, con el paso de los años, de los juicios y los prejuicios de los demás. Sin duda, tendríamos un mundo mucho mejor. Un mundo con más amor y más respeto.

BRUNO Y TEO SE SEPARAN

—Siempre estás con lo mismo. No puedo más. Si no fuera por Bruno y Teo, yo creo que...

—¡No vuelvas a meter a los niños en la conversación! Si no fuera por ellos, ¿qué? —le dijo mamá a papá, en medio de una discusión que estaba ya durando demasiado.

Llevaban unos pocos minutos, pero a Bruno y a Teo se les hacían más y más largos. No soportaban que mamá y papá discutieran tanto. Y aunque intentaban hacerlo cuando los niños no estaban presentes, siempre acababan gritando, y ellos los oían.

Cada vez sucedía más a menudo y cada discusión era más larga que la anterior. Y no solo eso: sus nombres, Bruno y Teo, aparecían con mayor frecuencia. Y eso les dolía tanto que decidieron que era el momento de ponerle remedio.

—Ojalá fueran como la mamá y el papá de Álex, que nunca discuten, o como las dos mamás de Izan —le dijo Teo a Bruno, bajito.

—¿Crees que discuten por culpa nuestra? —preguntó Bruno, aún más bajito.

A su lado, Teo no dijo nada.

Bruno se secó las lágrimas y miró a Teo. Quizá sí que era eso. Claro, por eso los nombraban todo el rato.

Papá salió enfadado de la cocina y se metió en la habitación. Cerró de un portazo. Mamá fue detrás, le gritó «¡Basta de dar portazos!», y entró también, cerrando la puerta tras de sí. Los oyeron discutir de nuevo.

Sin tener que decir nada más, los dos hermanos fueron juntos a su habitación a por la mochila del colegio, para vaciarla y llevarse solo lo importante. Bruno aprovechó el momento para coger su muñeco de Spiderman y su cuento favorito, por si por la noche necesitaban mirar los dibujos para dormirse. A Teo se le ocurrió coger también unos calzoncillos limpios, como cuando iban a dormir a casa de la abuela, y su hucha, que tenía un montón de monedas pequeñas.

Bajaron a la cocina y vieron que en la encimera estaba la bandeja de las galletas de avena que esa mañana había horneado Bruno con papá. A Bruno le encantaba cocinar, y siempre que mamá o papá preparaban la comida, él se sumaba a la tarea. Cogió unas pocas y se las metió en la mochila.

Con ese ligero equipaje, los dos hermanos se dirigieron a la puerta de casa, y estaban a punto de abrirla cuando vieron en el mueble de la entrada algo que no podían dejar de llevarse: la foto de su último cumpleaños, en la que Bruno y Teo aparecían soplando la vela de los seis años, con mamá y papá a su lado, felices. Teo abrió la mochila, la metió dentro y se marcharon cogidos de la mano.

Así, seguro que mamá y papá no se separarían. Podrían volver a viajar como cuando eran novios y a reírse juntos como en las fotos de los viajes que estaban colgadas en el comedor. Y estarían contentos.

Empezaron a caminar calle abajo, de la mano.

—Vamos al parque —propuso Teo.

Sus amigos siempre estaban ahí. Era genial, porque todas las tardes iba con mamá y Bruno, y se lo pasaba tan bien que le costaba un montón volver a casa.

«No entiendo cómo no te cansas, grandullón», le decía siempre mamá. Aunque había días en que se enfadaba un poco porque él y Bruno no le hacían caso, y entonces mamá decía: «¡¿Es que no te cansas, Teo?! ¡Bruno, tenemos que irnos a casa ya! Venga, coged las cosas y vámonos. ¿Queréis que vayamos cantando o preferís que juguemos a algo?».

Con lo que no contaban Bruno y Teo era con que eran casi las nueve de la noche. Y a esas horas no quedan niños en el parque. Así que, cuando llegaron, se llevaron una pequeña desilusión. ¿Qué iban a hacer ahora? Se sentaron en un banco y notaron que tenían hambre. Era más o menos la hora de cenar, así que Bruno sacó las galletas de la mochila y se pusieron a comer.

—Podemos dormir en el castillo —sugirió Teo, refiriéndose al castillo de juegos que había en el parque—. Será como cuando fuimos de acampada en verano.

—Como somos mayores, no nos dará miedo —asintió Bruno—. Bueno…, no mucho.

—Claro —dijo Teo—. Y por la mañana tenemos que ir al cole. Nos podemos lavar la cara en la fuente, pero nos hemos dejado el cepillo de dientes.

Normalmente, papá se encargaba de despertarlos, pero ahora lo tendrían que hacer solitos. A veces, tenían que correr hasta el cole porque Bruno y Teo se entretenían con cualquier cosa y se vestían muy despacio… Seguro que sin papá tendrían que correr mucho más.

—Bueno, no pasa nada —dijo Bruno, viendo que su hermano estaba preocupado—. Podemos comprar un cepillo nuevo con nuestros ahorros y también pedir pizza para cenar.

—¿Tú crees que traerán la pizza al parque?

Bruno estaba a punto de comerse la última galleta cuando, sin querer, se le cayó al suelo. Pensó que, si la cogía enseguida, no se mancharía mucho y podría comérsela. Pero no le dio tiempo. Un perro se hizo con ella y se la llevó.

—¡No! ¡Mi galleta! ¡Ven aquí, perrito!

Teo se acercó al animal para intentar que se la devolviera, pero pronto se dieron cuenta de que el perro ya se la había comido.

—Nooo, ¡esa galleta la hice con papá!

Bruno, sentado en el banco, se abrazó a su muñeco de Spiderman y empezó a llorar. Teo trató de consolarlo, pero la verdad era que, aunque intentaban ser valientes, estaban los dos muy tristes.

La dueña del perro se acercó al oír el llanto de Bruno.

—¿Estáis bien, pequeños? ¿Os habéis perdido? —les preguntó amablemente.

—No —contestó Teo, negando con la cabeza. Mamá siempre les decía que no hablaran con extraños.

—¿Dónde están vuestros padres? —les preguntó la señora, agachándose para ponerse a su altura.

—En casa —respondió Teo.

—¿Saben que estáis aquí? ¿Vivís muy lejos? —siguió preguntando ella, preocupada.

Teo se encogió de hombros, porque no sabía si vivían lejos o cerca.

—¿Eres una mamá? —preguntó Bruno, secándose las lágrimas.

—Hum…, pues sí. Tengo dos hijos —dijo ella.

—Mamá siempre nos dice que no hablemos con extraños. Pero también nos dice que, si alguna vez nos perdemos y no la encontramos, busquemos a una madre y le pidamos ayuda.

—Ah, pues… me parece muy bien. Yo soy una madre, sí. ¿Os importa si me sien-

to con vosotros? —preguntó ella mientras se sentaba en el banco—. Las rodillas me duelen un poco si paso tanto tiempo en cuclillas. ¿Cómo os llamáis?

—Bruno.

—Yo Teo —dijo su hermano. Suponía que, si era una mamá, estaba bien que hablaran con ella.

—Yo me llamo Eli —contestó la señora—. Bruno, Teo, ¿os acompaño a casa? Estoy segura de que vuestros padres estarán muy alarmados.

—No podemos volver aún —dijo Teo.

—Mamá y papá se pelean mucho. Y se van a separar. Y es por culpa nuestra.

—¿Por qué crees que es por culpa vuestra? —preguntó Eli, preocupada.

—Porque siempre dicen nuestros nombres cuando gritan. Y a mí me da miedo —dijo Bruno.

—Y no queremos que griten. Queremos que se quieran. Y no se quieren por culpa nuestra.

—¿Y por eso... os habéis ido de casa?

—Sí, porque, si no estamos, ellos se van a querer otra vez. Como cuando eran novios.

—Oooh, Bruno, Teo, yo no conozco a vuestros padres, pero estoy segura de que no discuten por culpa vuestra. A los mayores nos suelen preocupar tanto nuestros problemas que a veces no nos damos cuenta de que también afectan a nuestros hijos. Si vuestros padres no se entienden, no es por vosotros.

—Entonces ¿no es por culpa nuestra?

—Seguro que no, Bruno. Yo creo que no saben que os afecta tanto lo que hacen. Seguro que os estarán buscando muy preocupados. Creo que tenéis que volver a casa para que vuestra madre y vuestro padre os expliquen bien lo que está pasando. ¿Os parece? Si queréis, mi perro Thor y yo os podemos acompañar. ¿Sabéis dónde vivís, chicos?

—Sí, papá nos pregunta muchas noches dónde vivimos para que, si algún día nos perdemos, podamos pedir ayuda —contestó Bruno.

Caminaron los cuatro hacia su casa, y Eli les dejó llevar la correa de Thor un rato a cada uno. Cuando estaban a punto de llegar, vieron a su madre y a su padre en la calle llamándolos muy nerviosos.

—¿Son vuestros padres, chicos? Os están buscando —dijo Eli haciendo un movimiento con la mano para que los viesen.

Los padres de los chicos se acercaron corriendo a ellos, y Teo se tiró a los brazos de su padre. Bruno agachó la cabeza, y, sin saber cómo, los dos empezaron a llorar. Papá y mamá no estaban enfadados, sino asustados, porque habían desaparecido, así que los abrazaron muy fuerte los dos.

—Siento interrumpir —dijo Eli—, pero Bruno y Teo creen que os vais a separar por culpa suya.

—Oooh, no, no, no... Claro que no es culpa vuestra. Os queremos muchísimo. Mamá y papá. Los dos os queremos mucho —les aseguró la madre abrazándolos.

El padre también los abrazó y los besó en la frente.

—Pero ¿dónde estabais? ¡Claro que os queremos mucho! No habéis hecho nada malo, chicos.

—No quiero que os separéis —dijo Bruno entre lágrimas—. Si os separáis, tendremos que vivir en dos casas diferentes. Tendremos que ir a dos colegios diferentes y no podremos ver a los amigos todos los días.

—Y nos tendremos que separar para que no estéis solos, y no podremos jugar

juntos —añadió Teo, dándole la mano a Bruno—. Y a lo mejor tendremos otro padre y otra madre. Pero no queremos tener más madres ni más padres.

—Ay, claro que no, tesoros —les dijo su mamá, abrazándolos muy fuerte—. Qué ideas se os ocurren. No lloréis, ahora os lo explicaremos bien.

—Me parece que lo hemos hecho muy mal, chicos, perdonad —se disculpó su padre—. Todo va a salir bien. Vamos a casa y os lo contaremos todo.

El padre cogió en brazos a Bruno y la madre a Teo y caminaron hacia casa. Cuando llegaron, se despidieron de su nueva amiga Eli y de Thor. La madre se quedó un momento hablando con ella para agradecerle que hubiera acompañado a los niños a casa.

Bruno le dijo a su papá:

—Thor se ha comido una de nuestras galletas. Creo que le ha gustado, porque se la ha comido muy rápido.

—Si es que somos unos magníficos cocineros, Bruno —le dijo su papá guiñándole un ojo.

—¿Os vais a separar? —preguntó Teo mientras su padre los sentaba en el sofá para hablar con ellos.

—Sí, cariño. Mamá y yo nos vamos a separar, porque discutimos mucho, y así no somos felices ni ella, ni yo, ni vosotros. Pero no nos vamos a separar de ti, Bruno, ni de ti, Teo. Ni vosotros os separaréis. Seguiréis estando con mamá. Y seguiréis estando conmigo. Porque los dos os queremos muchísimo. Es solo que papá y mamá necesitan vivir separados.

—¿Y viviremos en dos casas?

—Sí, Teo —dijo su mamá, sentándose en el sofá con ellos y dándoles la mano—. Tendréis dos casas, y tendréis una cama para cada uno en las dos, y ropa, y juguetes..., pero solo tendréis un colegio, el de siempre. Iréis también al mismo parque de siempre, y veréis a los amigos como siempre. Vuestra vida va a ser casi igual e iréis a los mismos sitios.

—La única diferencia —continuó su papá— es que viviréis en dos casas diferentes. Unos días con mamá y otros días conmigo. Ah, y a los abuelos, a los tíos y a los primos los seguiréis viendo también.

Bruno y Teo se miraron, empezando a entender un poco cómo sería todo.

—Vale —contestó Bruno—. ¿Y en las dos casas habrá horno?

—Ja, ja, ja. Sí, Bruno. En las dos casas podrás seguir cocinando con mamá y papá. Pero, si quieres, ahora continuamos hablando de todo ello los cuatro.

Bruno se abrazó fuerte a Teo, contento de que no fueran a separarse, y Teo le devolvió el abrazo.

Y así, sentados con mamá y papá, que los miraban sonrientes, pensaron que, aunque no sabían exactamente cómo sería todo y les daba aún un poco de miedo, estaban más tranquilos sabiéndose queridos por los dos.

«Es importante asumir que son los cónyuges los que se separan, pero que ninguno de los dos se está separando de sus hijos».

Unidad didáctica para progenitores

Esta es la historia de Bruno y Teo, y de tantos y tantos niños y niñas que viven una separación en casa y sufren porque presencian las discusiones de sus progenitores, el desamor, los gestos de desprecio y un sinfín de comentarios y actitudes inadecuados..., y acaban por sentir que de algún modo ellos, los hijos y las hijas, son culpables, o que solo uno de los progenitores es el culpable. Sin embargo, en caso de separación, los peques deben estar lo más protegidos posible y, a la vez, lo suficientemente informados para que todas sus dudas queden disipadas, y los miedos, reducidos.

Un cambio tan importante en sus vidas les debe afectar lo menos posible, e incluso puede llegar a ser beneficioso. Es frecuente que, cuando una pareja se separa, la relación de los niños y las niñas con sus progenitores sea mejor que la que tenían cuando vivían todos juntos, y por eso se suele decir que es mejor un buen divorcio que un mal matrimonio.

Cada año, en España se casan cerca de 160.000 parejas y se separan más de 100.000. Casi la mitad de las parejas que se separan tienen hijos o hijas menores de edad, y parece increíble que, con lo frecuentes que son las separaciones, se sigan cometiendo tantos errores que afectan a los peques.

En una separación, todas las partes deben velar por que los hijos puedan vivir los cambios con el mínimo sufrimiento y de manera que queden intactos, en la medida de lo posible, la relación y el vínculo con sus progenitores.

Un divorcio puede llegar a ser muy duro para los peques si se hace mal, pero, si se hace bien, no tiene por qué serlo tanto. Con esto quiero decir que lo problemático no es que la pareja se separe, sino lo que pueda llegar a acontecer durante esa separación y, por supuesto, después, cuando los niños tienen que convivir con ambos progenitores por separado.

Si una pareja decide divorciarse de manera responsable y hace primar el bienestar y la seguridad de sus hijas e hijos, estos aprenderán a vivir la nueva realidad y se adaptarán mejor a los cambios que si se les hace partícipes del proceso, el dolor, los llantos y los reproches y se les insta a tomar partido.

Los padres de Bruno y Teo son una pareja que tiene claro que su matrimonio no funciona. Han llegado a ese punto en el que la falta de amor deja al descubierto todos los reproches y ya no soportan vivir juntos. Han traspasado la línea a partir de la cual ya no solo discuten en privado, sino que también lo hacen delante de sus hijos, y en ese punto ya se está haciendo a los peques un gran daño que no deberían sufrir.

Por eso, Teo y Bruno acaban creyendo que son la fuente del conflicto y que tienen, con su ausencia, la capacidad de lograr que su mamá y su papá se quieran de nuevo. Sin ser cierto, su desaparición es un hecho lo suficientemente significativo como para que esa pareja, esa madre y ese padre, se dé cuenta de que el amor por sus hijos y su bienestar debe estar por encima de sus problemas. Si la pareja está rota, no tiene sentido seguir haciéndose daño, y menos delante de los peques.

Por eso al final del cuento deciden rebajar la tensión y empezar a hablar de ello desde otra posición, una en la que, en vez de destruir, ambos puedan empezar a construir. Parten de un punto que aporte a los niños la información que necesitan para apaciguar sus miedos, y que les permita vivir su nueva vida del mejor modo posible. De esa cuestión os quiero hablar en este texto, para que sepáis cuáles son las recomendaciones generales ante una separación y podáis evitar los errores más frecuentes.

Para empezar a construir, es importante hablar a los hijos y las hijas sobre el tema y, por supuesto, escucharlos. Cada niño vive el proceso de separación a su manera, y así como algunos pueden llevarlo relativamente bien, otros pueden pasarlo muy mal, y tienen que tener la oportunidad de expresarlo, no solo en el momento de recibir la noticia, sino tantas veces como lo necesiten. Pensad que hay peques que parece que lo llevan muy bien al principio, pero que luego empiezan a sufrir y a mostrar síntomas de ansiedad o de tristeza, e incluso de enfado, cuando pasan las primeras semanas y viven la nueva realidad.

Es necesario que se les explique la situación desde la calma, adelantando el futuro para que sepan cuáles serán los cambios y cuándo se irán produciendo, evitando discusiones delante de ellos (lógicamente) y estando todos juntos para que no haya diferentes versiones que puedan llevar a los peques a sentir la necesidad de averiguar más o de posicionarse en favor o en contra de uno de sus progenitores.

También es muy importante dejarles claro que la separación no es una solución temporal, sino definitiva. Si les queda la sensación de que es por una temporada, pueden intentar «reunir» de nuevo a los progenitores, y podrían no aceptar bien nuevos hábitos de vida, otras amistades, futuras nuevas relaciones de pareja de sus progenitores, etc.

Una vez que se haya producido la separación y los peques empiecen a convivir con ambos por separado, los dos miembros de la pareja deben centrarse en la relación con sus peques, en la nueva familia que se crea, evitando hablar mal del otro progenitor. Decidir romper una pareja y dar fin a un proyecto de vida puede ser muy doloroso, y más aún cuando la decisión no se toma de mutuo acuerdo, pues pueden quedar heridas más o menos profundas que a veces se tarda años en curar. Pero sanarlas es trabajo de cada adulto; ni la herida, ni el dolor, ni el proceso de sanación deberían traspasarse a las hijas y los hijos.

Por eso, es esencial que cada uno de los progenitores se centre en lo importante: tratar de recuperarse de la ruptura, poner en orden las prioridades y, en el tiempo que comparta con los peques, mostrarles su amor y respeto, sin entrar en ningún tipo de competición con su expareja.

Es muy habitual, demasiado, que uno de los progenitores o algún familiar haga comentarios negativos sobre la otra persona (a veces no se lo dice directamente al niño o a la niña, sino que habla con alguien sobre la expareja y el peque lo oye). Estos comentarios, estas opiniones, hacen que empiece a sentir inseguridad y ansiedad, e incluso puede llegar a experimentar rechazo hacia el progenitor criticado, y esto puede llegar a afectar su relación y vínculo, a veces hasta el punto de provocar un conflicto de lealtades que causa importantes secuelas psicológicas en el peque.

Del mismo modo, debería evitarse utilizar al peque como espía. A menudo se le pide que cuente cómo es la casa donde vive la expareja, si están solos o hay alguien más, qué ha comprado o dejado de comprar y qué han hecho estando juntos con la intención de desprestigiar dichas vivencias («O sea, que ahora sí le gusta hacer cosas fuera de casa... Antes nunca hacíamos nada», «¿En serio te ha llevado ahí? Pues no me parece un lugar adecuado», etc.).

Es lícito preguntar si se lo han pasado bien y, por supuesto, es importante escuchar lo que nos quieran contar, pero si se tiene la sensación de que los peques empiezan a ejercer de espías («Creo que gasta mucho dinero», «Me parece que está con otra persona»), lo ideal sería informarles de que no está bien que te cuenten esas cosas, que no necesitas saberlas y que, en realidad, la otra persona tiene la libertad de vivir su vida como considere mejor.

De igual modo que no tiene sentido tener un hijo espía, tampoco lo tiene que se convierta en un mensajero. Haciéndoles peticiones como «Pregúntale a tu padre si...», «Dile a tu madre que el próximo día no te ponga esta ropa» o «Pregúntale si me puede cambiar el día»,

o similares, les estamos traspasando responsabilidades que no son suyas. Aunque no haya una buena relación entre los progenitores, deben tomar las riendas de la situación y ser lo suficientemente responsables como para encontrar una línea de comunicación que deje a sus hijas e hijos al margen.

Asimismo, no hay por qué excusar al progenitor que incumple promesas o desatiende responsabilidades para tratar de ahorrar un disgusto o una decepción a los hijos. Si están tristes porque su mamá o su papá no ha ido a buscarlos el día que les prometieron y no es la primera vez que eso pasa, debemos evitar actuar como intermediarios y procurar que sean ellos mismos quienes pregunten las razones, facilitándoles la comunicación con el padre o la madre ausente.

Por otra parte, parece claro que habrá muchas cosas de la expareja que no gusten (situaciones, hábitos, hechos concretos, vivencias...), pero aunque duela, aunque se considere que sería genial no tener que hablar nunca más con esa persona, la realidad es que hay uno o más niños en común, y eso hace que ambos se deban esforzar por actuar con madurez. Guste o no, la otra persona no desaparecerá nunca de nuestra vida, porque es la madre o el padre de nuestros hijos. Los desacuerdos y las quejas sobre cómo procede el otro progenitor con el peque deben expresarse siempre en ausencia del menor, porque hay que evitar entrar en el juego de la desautorización mutua, ya que solo conduce a que un progenitor, o los dos, acabe perdiendo la autoridad ante su peque, algo que puede ser muy peligroso para su desarrollo y educación y para su relación con ambos progenitores.

Por eso hay que intentar estar de acuerdo en las cosas más básicas de la educación y la crianza, pero respetar que cada progenitor tenga su propio estilo de vida y sus costumbres, aunque sean diferentes. Hacer las cosas de otra manera no tiene por qué significar hacerlas mal. Convivir con personas que tienen costumbres distintas puede ser muy enriquecedor para los niños.

Es importante asumir que son los cónyuges los que se separan, pero que ninguno de los dos se está separando de sus hijos. Es decir, ambos progenitores tienen derecho a formar parte de la educación y el desarrollo de sus peques, y los peques tienen derecho a pasar tiempo con ambos progenitores, sin que nadie trate de cuantificar el amor que puedan sentir por cada uno de ellos. Que quieran mucho a mamá no quiere decir que quieran poco a papá, y viceversa. Los niños y las niñas de padres separados han de tener la libertad de amar a cada uno de ellos y disfrutar de ellos sin experimentar culpabilidad o sentir que están traicionando al otro progenitor.

Por esta misma razón hay que encontrar la manera de dar al peque la libertad de tener espacios en los que uno de los progenitores no solo no estará presente, sino que no sabrá lo que suceda más allá de lo que su hija o hijo quiera contarle. No debemos intentar controlar todo lo que haga mediante llamadas o mensajes (esto es más frecuente si el niño o la niña tiene edad de tener móvil), tratando de aparecer en momentos importantes que está viviendo con nuestra expareja (una excursión, una función de teatro, una visita a un museo chulísimo, un evento deportivo...), ya que ello puede provocarle estrés y hacerle sentir culpable por estar pasándoselo bien con el otro progenitor.

En definitiva, no deberíamos producirles malestar por causa de nuestra propia inseguridad con respecto a la nueva situación ni entrar en competiciones absurdas por el amor o la preferencia de los hijos. Aunque pueda ser muy duro, no vamos a estar presentes en una parte importante de la vida de nuestros hijos e hijas, y por su bienestar y el nuestro, lo ideal es trabajar esas emociones para poder asumir cuanto antes esa realidad.

También debemos evitar hablar de dinero con los hijos. Para ellos no debería ser relevante saber quién paga la ropa, las extraescolares, si se paga o no lo acordado, ni si el otro progenitor se ha quedado con tal o cual propiedad y eso nos parece justo o injusto. Son temas

que no deben hablarse con ellos, porque tienen que estar al margen de las cuestiones económicas y de los conflictos entre progenitores.

De igual modo, el dinero no debería utilizarse para tratar de mejorar la relación con los niños ni para compensar el malestar que puedan estar viviendo por la separación. Muchos progenitores empiezan a comprar cosas materiales y a menudo se establece una competición por ver cuál de los dos sorprende más al hijo o a la hija. Con ello, lo que acaban consiguiendo es que ese peque o esa peque sea mucho más materialista y tenga ganas de ver al otro progenitor para ver qué sorpresa le tiene preparada. Lo ideal es darles lo que necesitan y de vez en cuando regalar lo que nos haga ilusión comprarles, pero sin excedernos. Porque el amor no se compra.

Y puede darse una de las situaciones más complejas: es posible que pasado un tiempo uno de los progenitores decida presentar a los hijos a su nueva pareja. En muchas ocasiones, esto abre nuevas (o viejas) heridas y aparecen miedos e inseguridades porque la expareja puede llegar a ver a esa nueva persona como un posible sustituto, por el cual su hijo o hija podría encariñarse. La expareja podría considerar que el hecho de que su peque tenga buena relación con esa nueva persona podría perjudicar su relación.

Esto puede hacer que se caiga en el error de criticar a la nueva pareja con frases como: «Pero ¿quién se cree que es para decir o hacer eso?», «No debería decirte lo que debes o no hacer», etc., que pueden llegar a hacer bastante daño. A muchos peques les cuesta aceptar a la nueva pareja de su madre o de su padre, así que no es justo para los menores ni tampoco para esa persona que va a empezar a formar parte de sus vidas que echemos más leña al fuego. Aunque pueda doler, las y los peques deben tener claro que cada uno de sus progenitores tiene la libertad y el derecho de rehacer su vida y tener una nueva pareja si así lo desea.

QUIERO TENERLO TODO

Arán era un niño de siete años que vivía con su madre y su padre en un pequeño piso de las afueras de la ciudad, al que se acababan de mudar desde uno más grande. Al nacer Arán, su papá empezó a trabajar menos horas para poder estar con él, y desde entonces tenían menos dinero.

El niño no tenía muchos juguetes, pero disfrutaba mucho con su papá. Siempre que podían jugaban y compartían experiencias, y eso hacía que no sintiera que le faltaban cosas.

Mamá trabajaba mucho. Según Arán, demasiado. Se iba por la mañana pronto, antes de que él se despertara, y volvía por la noche, para darle un beso de buenas noches y a veces contarle algún cuento. Muchos días, él se había dormido antes de que llegara la mamá, y, cuando no, a menudo ella se quedaba dormida en la segunda página de cualquier cuento, de lo cansada que estaba. Por suerte, los fines de semana recuperaban el tiempo perdido y disfrutaban los tres haciendo muchas cosas juntos.

Era papá quien lo despertaba por las mañanas, preparaba el desayuno y lo acompañaba al cole. Y luego por la tarde pasaban el tiempo juntos: iban a hacer la compra, preparaban la merienda y la cena, regaban las plantas y jugaban. Sobre todo, jugaban.

Papá podía hacerlo así porque tenía una reducción de jornada. Es decir, trabajaba menos horas para poder cuidar de Arán y de la casa, aunque también cobraba menos dinero.

Un martes por la tarde, a la salida del cole, Arán le dijo emocionado a su padre:

—Papá, ¿este viernes podemos ir al parque?

—Sí, claro. Podemos ir cualquier día.

—Vale. Pero el viernes quiero ir, porque Óliver ha dicho que llevará su bicicleta.

—Óliver es el niño nuevo de la clase, ¿no?

—Sí.

—De acuerdo. Pues iremos con la bici. Pero habrá que limpiarla. Hace mucho que no la sacas y, como está en el balcón, estará sucia.

El jueves por la tarde, Arán dedicó casi una hora a limpiar la bicicleta y a tratar de sacarle todo el brillo que pudiera. Era una bici vieja y oxidada. De hecho, era de cuando su padre era pequeño, pero a Arán le gustaba porque era roja, y las cosas rojas le encantaban.

Al llegar al parque al día siguiente, vio a Óliver con una preciosa y brillante bicicleta nueva. También era roja, pero no tenía ni punto de comparación. La de Óliver parecía el Ferrari de las bicis. Él sonreía orgulloso, y los niños y las niñas no dejaban de acercarse para contemplar semejante maravilla y pedirle que les dejara dar una vuelta en ella. Pero él no le dejaba montar a nadie.

—Papá, ¿nos vamos a casa? —dijo Arán.

—¿Ya? Pero si acabamos de llegar —respondió su padre.

—Me duele la tripa. No me encuentro bien —contestó Arán, con cara de malestar.

—De acuerdo. Yo llevo la bici. ¿Podrás andar a mi lado? —preguntó preocupado su padre.

—Sí, creo que sí.

Y juntos se fueron a casa. El padre cargando la bici y Arán con la cabeza gacha, triste porque su bicicleta era vieja y estaba oxidada e imaginaba que todos iban a reírse de él. Menos mal que se fueron antes de que Óliver los viera.

A la semana siguiente, Óliver invitó a Arán a pasar una tarde en su casa.

Arán decidió ir con su bicicleta porque vivía un poco lejos. Durante el fin de semana, sus padres le habían ayudado a pintarla, y ahora, aunque era viejita, todavía le gustaba más. Al llegar a casa de Óliver, vio que lo estaba esperando con su bici nueva.

—¿Damos una vuelta con las bicis? En esta calle pasan muy pocos coches y no hay peligro.

—¡Claro! ¿Podemos, papá? —preguntó Arán a su padre, que accedió al ver que, ciertamente, era una calle muy tranquila.

—Volveré a buscarte a las ocho o así, ¿vale? —le dijo a Arán, y luego miró a Óliver y añadió—: Tu madre o tu padre están en casa, ¿verdad, Óliver?

—Sí, está mi padre.

El hombre asintió y, después de darle un beso a su hijo, se fue. Los dos niños se quedaron jugando con las bicis un buen rato y luego subieron a casa de Óliver. Arán descubrió que en la habitación de su amigo había más juguetes que en una juguetería, o quizá no tantos, pero casi.

Sin duda, no conocía a nadie que tuviera tantos juguetes como Óliver.

Faltaban ya pocos minutos para las ocho cuando Arán le preguntó a Óliver por su padre:

—¿Y tu padre? No ha venido a jugar con nosotros...

—Está en casa, pero está en su despacho y no podemos molestarle —respondió Óliver. A Arán eso le pareció muy extraño, y Óliver le explicó—: Mi padre trabaja mucho y gana mucho dinero. Tengo el mejor padre del mundo. Me compra todo lo que quiero.

—Mi padre también es el mejor del mundo, porque siempre está conmigo —le dijo Arán, que pensó que su padre no le compraba muchas cosas, pero que lo quería muchísimo.

—No, el mío es mejor. Nunca habías visto tantos juguetes juntos, ¿eh? ¿Cuántos juguetes tienes tú? —preguntó Óliver con un tono que a Arán no le gustó nada—. Cuando tu madre y tu padre te compran cosas, es porque te quieren mucho. ¿En tu casa no te compran nada?

Arán se puso muy triste y empezó a llorar por lo que le había dicho y porque... ¿y si era verdad? ¿Y si tenía esa bicicleta vieja porque su madre y su padre no lo querían tanto como a Óliver los suyos?

Cuando llegó su padre, Arán ya se había secado las lágrimas, pero estaba enfadado.

—¡Vamos a casa! ¡Y tira la bicicleta a la basura! No la quiero, ¡va muy mal! ¡Y no me gusta porque es roja!

—Pero, Arán, siempre te ha gustado porque era roja. Y la acabamos de pintar.

—¡Pues ya no la quiero!

Ya en casa, mientras cenaban los dos juntos, y un poco más tranquilo, Arán le preguntó a su padre si le podrían comprar una bicicleta nueva igual que la de

Óliver u otra mejor, que la necesitaba. Le dijo que llevaba tiempo soñando con tener una, que haría lo que fuera por conseguirla. Fue tal la insistencia que cuando su madre llegó a casa, los tres hablaron de ello.

Como al principio no veían la manera de comprar una bicicleta tan cara, le ofrecieron buscar una más económica, quizá de segunda mano. Pero Arán insistió mucho en que quería una nueva, así que quedaron en seguir hablándolo en los siguientes días.

El padre y la madre de Arán tuvieron que reconocer que los niños de su clase tenían juguetes más modernos y caros, y les sabía mal que Arán tuviera una bicicleta tan vieja, así que, por una vez, decidieron hacer un esfuerzo.

—Arán, voy a trabajar más horas para poder comprar la bicicleta. Estaré contigo en casa, pero estaré ocupado y tendrás que estar un buen rato jugando solo, ¿vale? —dijo el padre.

—¡Vale! —respondió Arán, al que se le iluminaron los ojos al saber que tendría una bicicleta nueva. ¡Óliver se iba a enterar! ¡Su papá sí que lo quería!

Pasaron los días y Arán pidió algunos juguetes más. Para convencer a su padre y a su madre, les dijo que todos los de la clase tenían esas cosas. Como sus padres le respondieron que sí, ya que ahora papá trabajaba más y tenían más dinero, Arán se puso muy contento, aunque empezó a impacientarse porque la bicicleta no llegaba.

Pero no solo estaba impaciente. También estaba aburrido, porque ahora él y su papá pasaban menos ratos juntos y apenas jugaban. Arán lo echaba de menos. «Pero no pasa nada —pensaba—, cuando tenga todos esos juguetes ya no me aburriré, y mi papá está ocupado porque me quiere mucho».

Semanas después, ya con su bicicleta nueva, que era el último modelo del que hablaban todos los niños y las niñas de la clase, Arán fue al parque más feliz que nunca. Todos se acercaron a verla y coincidieron en que era un niño con mucha suerte, porque era una bicicleta muy bonita.

Buscó con la mirada a Óliver para enseñársela. Ahora iba a saber lo que era bueno. Su bici nueva molaba tanto o más que la suya. Sin embargo, vio a su compañero de clase triste, sentado en un banco con su bicicleta en el suelo.

—¿Estás bien, Óliver?

—Oooh, ¡qué suerte tienes! ¡Bici nueva! Yo estoy harto de la mía y de mis juguetes. ¡Y ya no me compran nada!

—Pero ¿por qué? —preguntó Arán, preocupado.

—Mi padre se ha quedado sin trabajo y ahora está todo el día en casa, y ya no me pueden comprar nada.

—Y si está todo el día en casa, ¿por qué no juega contigo?

Óliver lo miró sin entenderle.

—¡Los padres no juegan! ¡Ya no es un niño!

—¿Qué? ¿Cómo que los padres no juegan? ¡El mío siempre juega conmigo! Bueno..., jugaba —respondió Aran.

Justo en ese momento se dio cuenta de que llevaba semanas queriendo tener muchas cosas para ser feliz como Óliver, pero que en realidad no lo era. Había conseguido juguetes, una bicicleta nueva y el reconocimiento de los niños de la clase, pero había perdido las tardes con su padre. Lejos habían quedado los ratos de lectura juntos, los juegos, las risas y un montón de momentos compartidos. Y todo porque su padre llevaba un montón de semanas trabajando muchas horas para poder comprar todo lo que él le pedía.

—¿Quieres venir a mi casa mañana? —preguntó Arán a Óliver para intentar animarlo.

—¿Tienes juguetes nuevos?

—Claro que sí. Pero creo que tengo algo mejor que te quiero enseñar.

Esa noche Arán abrazó muy fuerte a su padre y a su madre. Les dijo que tenía mucha suerte de que fueran su papá y su mamá, y que ya no necesitaba más juguetes nuevos. Les dijo que quería que todo fuera como antes.

—¿Estás seguro, Arán? —preguntó contento su padre, que también lo echaba de menos.

—Estoy muy seguro. ¿Puede venir Óliver mañana a casa? Quiero enseñarle algo.

—Sí, claro que puede venir.

Al día siguiente, Óliver fue a casa de Arán y se lo pasó genial con él y con su padre. Tanto que ya no le importó si los juguetes eran viejos o nuevos. Jugaron a fútbol los tres con una pelota vieja. Con las bicis de Arán: la nueva y, también, la vieja. Y con los juguetes nuevos y con los más antiguos.

Cuando llegó la hora de irse, Óliver le dijo a Arán:

—Tu padre es muy guay. Siento mucho lo que te dije el otro día. Sí que te quiere. Lo que no sé ahora es si mi padre me quiere a mí...

—Seguro que también te quiere. Pero a veces los mayores se olvidan de jugar, y entonces intentan hacernos felices comprándonos juguetes nuevos.

—Pero no se dan cuenta de que... —empezó a decir Óliver.

—... lo que queremos en realidad es estar con ellos —terminó Aran.

Esa tarde Óliver descubrió lo que Arán le quería enseñar: que no importa si tienes más o menos juguetes, si son más viejos o más nuevos. Lo importante es po-

der compartirlos con tus amigos y con las personas que te quieren, como el papá de Arán.

Desde ese día, Arán volvió a disfrutar de las tardes con su padre, y Óliver consiguió enseñar al suyo a jugar de nuevo. Los dos amigos quedaron muchas tardes para seguir disfrutando de sus juguetes, los nuevos y los viejos, de sus bicicletas y, por supuesto, de sus padres.

«El mundo mejorará
cuando nos preocupe más
el ser que el tener».

Unidad didáctica para progenitores

Quiero hacerte unas preguntas: ¿qué es lo que más te gustaría que pasara en la vida de tu peque? ¿Cuál es tu mayor deseo?

Si los cálculos no me fallan, es muy probable que tu respuesta tenga mucho que ver con la felicidad. Es decir, creo que habrás pensado que tu mayor deseo es que tu peque sea feliz. Esto me lleva a hacerte otras preguntas: ¿cuáles son las características de una persona feliz? ¿Cómo quieres que sea tu peque cuando crezca?

Imagino que responderás algo así como que tu deseo es que crezca con salud, siendo una persona honesta, honrada, íntegra, sincera, humilde, luchadora y con cierto éxito a nivel laboral, para que la conjunción de todo ello le aporte felicidad. Y si no tiene éxito, al menos que tenga un trabajo digno en el que disfrute y, a poder ser, que esté bien remunerado.

Pues bien, si la mayoría de madres y padres respondemos prácticamente lo mismo, ¿por qué caemos en el error de hacer tantas cosas que les hacen infelices?

Yo también quiero que mis hijos sean esas personas que acabo de describir. Pero cuando me pregunto qué es lo que hago en el día a día para que lleguen a ello, me sorprendo a mí mismo al darme cuenta de que les dedico menos tiempo del que merecen, les compro más cosas de las que necesitan y soy demasiado complaciente mientras me digo que los jóvenes de hoy en día tienen demasiadas cosas y no saben el valor de todas ellas porque las consiguen demasiado fácilmente.

El psicoanalista Erich Fromm dijo: «Si con lo que tienes no eres feliz, con todo lo que te falta tampoco lo serás». Y es precisamente esto lo que he querido plasmar en el cuento de Arán y Óliver. Si os fijáis, Arán es un niño feliz con lo que tiene. No necesita más, porque tiene un precioso vínculo con su padre y su madre, y una especial relación con su padre, con el que pasa tardes enteras jugando, sin importar demasiado si los juguetes son más o menos nuevos, más o menos bonitos.

Óliver también es un niño feliz, pero no por mucho tiempo. Porque basa su felicidad en lo que le han dicho o le han hecho creer que le hará feliz: tener más juguetes. Porque como dice él mismo: «Cuando tu madre y tu padre te compran cosas, es porque te quieren mucho».

¿Cuánto dura algo así? ¿Qué sentido tiene una felicidad que se paga con dinero? Como habéis podido leer en el cuento, esa felicidad dura tanto como dura el dinero o el acto de recibir cosas nuevas.

Una de las frases más célebres de *El principito*, de Antoine de Saint-Exupéry, es la siguiente: «Él se enamoró de sus flores y no de sus raíces, y en otoño no supo qué hacer». Tendemos a fijarnos en las flores, en lo superficial, nos comparamos desde lo material. Incluso nos valoramos por lo que tenemos y no por quiénes somos. Y cuando llega el otoño y las flores caen, no nos queda nada. Como cuando Óliver deja de recibir regalos y siente que ya no puede ser feliz. Si se hubiera aferrado a la raíz, a lo que de verdad importa, al tiempo con su padre, con su familia, con los demás..., le habría importado mucho menos no tener juguetes. Es más, se habría alegrado, seguramente, por poder pasar mucho más tiempo con su padre tras quedarse sin trabajo. Pero tiene la errónea creencia de que los padres no juegan, porque ya no son niños.

En el año 2012 se publicó en la revista *Pediatrics* una investigación que concluía que los niños más infelices son más materialistas, y que los más materialistas acaban siendo más

infelices. Es un pez que se muerde la cola, que deja a los peques en una situación compleja y que los aleja totalmente de esa felicidad que queremos para ellos.

Para hacer el estudio, entrevistaron a más de cuatro cientos cincuenta niños y niñas de entre ocho y once años, a los que les preguntaron sobre sus bienes materiales, su satisfacción en la vida y la publicidad. Vieron que cuando se les exponía a un mayor número de anuncios, tenían más deseos de poseer aquello que se anunciaba y sentían que su felicidad acababa dependiendo de ello.

Sin embargo, como sabemos las personas adultas, porque también lo hemos vivido en nuestras propias carnes, la felicidad que aportan las cosas materiales es efímera. Dura unas semanas, unas horas, y a veces ni siquiera unos minutos, porque son muchos los niños y las niñas que cuando por fin consiguen lo que quieren descubren que en los anuncios parecía más chulo y más divertido de lo que es en realidad. Imaginad la sensación de querer algo, conseguirlo y darte cuenta de que no te aporta nada. ¿Cuál será entonces el siguiente objetivo en su vida? Correcto: otro objeto deseado. Hay peques —de hecho, también hay personas adultas— que se mantienen a flote gracias a los objetivos materiales. Luchan por conseguirlos, y cuando por fin los tienen y los disfrutan, enseguida necesitan poner el foco en el siguiente objeto o bien material.

Nuestros peques lo hacen porque es algo que provocamos y potenciamos nosotros. Pasamos poco tiempo con ellos, menos del que necesitan y del que solicitan, y entonces aparece la culpabilidad. Ese «Pobrecita mi niña, que no deja de buscarme para jugar con ella y casi nunca le puedo dedicar tiempo... Voy a comprarle algo para compensarla». Y entonces empezamos, de manera inconsciente, a sustituir nuestra presencia, nuestra compañía, por cosas materiales.

Seguro que en más de una ocasión habréis oído a una madre o a un padre decir algo como: «No entiendo por qué mis hijos me tratan así. Siempre lo he dado todo por ellos. He trabajado muchísimo para que pudieran tener todo lo que yo no tuve», sin darse cuenta de que se están centrando en todo lo material que les faltó a ellos, cuando lo que sus peques necesitan no son más cosas, sino más tiempo con sus progenitores.

Pero mientras son pequeños no lo entienden, y acaban por caer también en la trampa y empiezan a pedirnos más y más cosas, como Óliver, porque ya no esperan que juguemos con ellos, sino que les compremos cosas. Traducido al lenguaje adulto sería algo así: «Como no pasas tiempo conmigo, cómprame algo que te sustituya».

Otras investigaciones han demostrado que cuanto más materialista es alguien en la infancia, mayor es el riesgo de que en la edad adulta sea también más infeliz, pues al crecer se convierte en una persona adulta preocupada por conseguir más y más cosas. Pero las cosas cuestan dinero, y, a menos que tengas un buen salario, los objetos que puedes comprar son limitados. Y eso te conduce a un estado de frustración prácticamente constante, porque nunca tienes todo lo que querrías tener. Así que nunca eres feliz: porque no lo eres cuando anhelas esas cosas que quieres, y tampoco después de comprarlas. Y todo porque buscas la felicidad en el lugar equivocado.

Por eso lo deseable es que de verdad nuestras hijas e hijos sean felices ahora que son pequeños, y menos materialistas, para que no sientan la urgencia ni la necesidad de volcar su felicidad en lo que puedan llegar a poseer.

El mundo no será mejor cuando todos tengamos las cosas que deseamos, sino cuando todos seamos felices con lo que tenemos. Dicho de otro modo, el mundo mejorará cuando nos preocupe más el ser que el tener.

¿Y qué quiero decir con esto? Pues que nuestro énfasis como progenitores tiene que estar ahí. Si nuestro objetivo es que nuestros hijos sean felices, debemos poner el foco en serlo también nosotros, alejándonos del tener.

Si queremos que sean responsables, humildes, honrados, sinceros, honestos e íntegros... Si, en definitiva, queremos que sean buenas personas y que luchen por lo que quieren y que valoren sus logros, las madres y los padres tenemos que ser así. Porque somos sus espejos. Porque ellos nos miran para aprender. Porque somos sus guías y sus modelos la mayor parte de su infancia.

Tenemos que ser y estar. Y eso quiere decir que hemos de compartir tiempo con nuestras hijas e hijos cuando sea posible. Tu peque no te va a pedir que juegues cuando estás trabajando, pero sí te va a pedir que le dediques tiempo cuando estés en casa. Y si no puedes jugar en ese instante, al menos inclúyelo en tus actividades.

Se suele decir que el tiempo de calidad con nuestros peques es aquel en el que compartimos juegos, leemos cuentos, hacemos manualidades... Tu peque necesita eso de ti, sin duda, pero también necesita compartir el «otro» tiempo de calidad. También es tiempo de calidad ir a comprar contigo y verte saludar a la gente, dar las gracias, escoger la comida juntos, poner la fruta en la cesta, descubrir la forma y los colores de los alimentos, pagar y decir adiós. Es tiempo de calidad ir en familia a la peluquería y que papá o la mamá no gestante juegue con el peque mientras a la otra mamá le ponen un montón de cosas en la cabeza y sonríe desde la silla. Es tiempo de calidad fregar el suelo de casa y darle a tu peque un cubito pequeño con una fregona de su tamaño..., ¡aunque te lo ponga todo perdido de agua! Es tiempo de calidad hacer la comida juntos nombrando los ingredientes que se necesitan y siguiendo los pasos para lograr un plato elaborado. Incluso es tiempo de calidad el hecho de no hacer nada concreto y simplemente estar juntos, cada uno a lo suyo, porque estamos juntos, haciendo lo que nos apetece en ese instante.

Pero vamos a lo que más nos cuesta: pasar tiempo con ellos mientras dejamos a un lado el móvil, las relaciones con personas de nuestra edad, el trabajo y las responsabilidades. Es increíble lo que nos cuesta a veces jugar con nuestros hijos, porque sentimos que tenemos cosas más importantes que hacer, porque nos aburrimos, porque nos sentimos incómodos, porque se nos hace pesado, porque vamos acelerados en nuestras vidas. Hay un chiste que lo resume bastante bien: «Hoy me lo he currado un montón con mi hijo, porque hemos pasado toda la tarde juntos. Lo raro ha sido que, al salir de su habitación, solo habían pasado veinte minutos». Y es que a la mayoría nos cuesta horrores dedicarnos a ellos, al juego infantil, en gran medida porque tenemos una importante carencia que arrastramos de nuestra infancia: la del tiempo que no jugamos con nuestros progenitores.

Ese tiempo, esos ratos, esa necesidad que no fue satisfecha, se queda con nosotros en forma de herida que no curó. Estoy seguro de que un profesional de la psicología os lo podría explicar mejor que yo, pero quería contároslo porque en realidad es una de mis heridas, y tuve que hacerla consciente para comprender por qué había momentos en los que me costaba tanto, tantísimo, dedicar tiempo de juego a mis hijos. Yo no tuve la referencia de un padre ni una madre que jugaran conmigo, así que, sin ese modelo, tuve que hacerlo desde una posición racional, desde ser consciente de que, si quería formar parte de sus recuerdos del futuro, tenía que estar en su presente. Y sabiendo que la infancia dura muy poco, y que en unos años mis hijos ya no me pedirán que juguemos juntos. Yo no quería que crecieran con la misma herida, con la misma sensación de haber necesitado tiempo de papá y no haberlo tenido.

Todos los padres y las madres queremos que nuestros hijos sean felices, pero luego resulta que dedicamos muy pocos momentos del día a intentar que lo sean. Jugamos poco con

ellos, hablamos poco con ellos, validamos poco sus emociones y les dejamos expresarse menos de lo que necesitan. Y no solo eso, sino que hacemos muchas cosas para conseguir que poco a poco sean más infelices. Porque, como ya os he comentado, cuanto más materialistas, más infelices. Y cuanto más infelices, más materialistas.

No lo dudes y ve con tu peque cuando veas que está jugando a algo. No hace falta que sepas jugar. Si lo has olvidado, porque las personas adultas somos niñas y niños que hemos olvidado demasiadas cosas, no pasa nada, no te tortures por ello. Simplemente siéntate a su lado y dile que quieres jugar. O no le digas nada y solo quédate ahí, expectante. Tu peque te mostrará las reglas y te irá incluyendo poco a poco en su juego. El primer día es posible que no puedas permanecer ahí más de diez minutos sin empezar a sentir la urgencia de hacer otras cosas. Es normal. A medida que pasen los días ese tiempo será más largo. Jugaréis a más cosas diferentes, aunque también querrá repetir una y otra vez los mismos juegos. Y es normal que eso se te haga pesado. De hecho, quizá le preguntes: «¿En serio? ¿Otra vez quieres jugar a eso?», y su respuesta será: «Sí», igual que cuando quiere que le leas el mismo cuento una y otra vez, porque los peques necesitan repetir para aprender y comprender, para sacar el máximo jugo de las cosas, antes de pasar a lo siguiente. Siéntete una persona afortunada si tu peque requiere repetidamente tu presencia en sus juegos, porque eso querrá decir que formas parte de su existencia, de su vida, de manera significativa. Y trata de disfrutarlo, porque, como comentaba, la infancia dura muy poco tiempo. Un día ya no querrá jugar contigo. Un día ya no le harán gracia tus chistes. Un día ya no querrá que lo sostengas en brazos. Ojalá ese día no te arrepientas de no haber disfrutado lo suficiente del tiempo con tu peque. Porque si ese día no te arrepientes, será señal de que, de verdad, hiciste lo que estuvo en tus manos para tratar de cumplir tu objetivo: que fuera feliz.

ME DICEN QUE SOY MALA

Vera tenía cinco años y vivía con su madre, que se llamaba África. Formaban lo que se conoce como «familia monoparental», y ese iba a ser el primer verano que Vera se quedaría en el pueblo con la abuela Fina, el abuelo Andrés y su primo Leo, de seis años.

Era un pueblecito de costa, y a Vera le encantaba la playa. Además, habría muchos niños y niñas de edades parecidas a la suya, así que imaginaba que se lo pasaría genial.

Lo único que no le acababa de convencer era tener que estar tanto tiempo lejos de su mamá. Pero pensó que no sería para tanto, porque su madre le dio una pulsera que había tejido y le enseñó que ella tenía otra exactamente igual. De este modo, cuando miraran la pulsera, se acordarían la una de la otra.

Y, por supuesto, Patitas, su perro de peluche, viajó con ella. No es que lo necesitara para dormir, pero muchas noches la acompañaba en la cama, y le pareció buena idea llevárselo para abrazarlo si se sentía sola en algún momento.

Los primeros días en el pueblo fueron bastante bien. Cada mañana iban un rato a la playa y ahí hacían castillos, se bañaban con el abuelo y buscaban tesoros en la arena.

Ya por la tarde, salían a la calle y jugaban con otras niñas y otros niños a un montón de juegos divertidos, hasta que se hacía de noche y se iban todos a sus casas.

Parecía que iba a ser un verano maravilloso, pero todo empezó a torcerse al cuarto día, cuando ella y Leo discutieron por unos juguetes.

Vera jugaba mucho con todo lo que había en el baúl de juguetes viejos de la casa de verano. Pero ese año Leo pensó que sería buena idea poder quedarse con algunos de ellos, así que cogió los que más le gustaban —en concreto, unos dinosaurios, dos soldaditos y algunos coches— y se acercó al abuelo Andrés.

—Abuelo, ¿me los puedo quedar? —le preguntó.

—Sí, claro. Estos muñecos llevan muchos años en ese baúl, y nadie más que vosotros juega con ellos.

—¿Y me los puedo llevar a casa? —añadió Leo.

—No veo por qué no. Si quieres, cuando acabe el verano, te puedes llevar los que más te gusten —contestó el abuelo.

Vera vio sorprendida la escena y se enfadó con Leo, con el abuelo y consigo misma, porque ella no había pensado en la posibilidad de quedarse con algunos juguetes, y por eso no había dicho nada.

—¡No! ¡Yo también los quiero! También juego con ellos. ¡Y yo los había visto antes! —exclamó Vera.

—¡Pero yo me los he pedido primero! —contestó Leo.

—Es verdad, Vera, él los ha pedido primero. Pero podéis jugar los dos con ellos hasta que acabe el verano —dijo el abuelo, preocupado al ver lo que estaba pasando.

Vera sintió que eso era injusto. Esos juguetes siempre habían estado en esa casa para que jugaran los dos. Además, aunque el abuelo dijo que podrían jugar

con ellos todo el verano, Leo los estaba guardando en una caja para quedárselos.

—¡Noooooo! —chilló la niña, corriendo hacia él para evitarlo.

Intentó quitarle la caja, pero Leo la protegió, así que, llena de ira, Vera le cogió del pelo y tironeó. Entonces su primo la empujó y Vera le arañó la cara.

—¡Vera, basta! —gritó el abuelo, que se acercó a ella y la mandó a su cuarto—. ¡Eso no se hace! ¡Estás castigada todo el día!

—¡Yo también quiero jugar con esos juguetes! ¡Yo también los quiero! —se defendió la niña.

—¡Pero sabes que no se pega! Además, ¡Leo ha elegido juguetes que son de niño! ¿Para qué los quieres tú? —añadió el abuelo, preocupado al ver que el arañazo de Leo empezaba a sangrar.

—¡Mamá siempre dice que no hay juguetes de niño ni de niña! ¡No es justo! —insistió Vera.

—¡Tonterías! ¡Vete ahora mismo si no quieres que te pegue un buen azote! —contestó el abuelo.

Vera lloraba, enfadada y triste al mismo tiempo, sin saber muy bien qué tenía que hacer. Nunca la habían castigado en su cuarto, y nunca le habían dicho que le darían un azote. No sabía muy bien qué era un azote, pero imaginó que no sería nada bueno y se fue a la habitación.

Al día siguiente le dijeron que ya podía volver a jugar y que no fuera mala. Vera tampoco tenía muy claro qué querían decir con lo de ser buena o mala. Ella sabía que arañar no estaba bien, pero Leo le había quitado los juguetes. ¿De verdad había sido mala?

Vera intentó hacer caso y ser buena, no mala. Pero a veces Leo y ella se enfadaban, o ella se ponía nerviosa y no hacía caso a la primera (ni a la segunda), y entonces los abuelos siempre le decían lo mismo: que fuera buena, y que no fuera mala.

Esa misma tarde fueron a jugar con las niñas y los niños del pueblo, pero la abuela los fue a buscar porque una hermana suya y su marido habían ido de visita.

—Este es Leo y esta es Vera —los presentó la abuela Fina—. Y esta es mi hermana Milagros y su marido, Antonio. Venga, niños, dadles un beso, que son los tíos de vuestras madres.

Los dos dijeron que no, que no querían darles un beso, pero Milagros rebuscó entre sus bolsillos y sacó dos caramelos.

—Si me dais un beso, os doy uno a cada uno —dijo sonriente.

Leo se acercó para conseguir su premio a cambio de un beso, pero Vera no quiso hacerlo. Mamá siempre le había dicho que no es obligatorio dar besos si no quieres, y un caramelo no la iba a hacer cambiar de opinión.

—Vera, dale un beso a Milagros, que te regalará un caramelo —le insistió la abuela Fina.

—¡Pero yo no quiero! —Y se dio la vuelta para irse con Leo a seguir jugando en la calle.

La abuela, enfadada, ya se estaba levantando para ir a buscarla cuando su hermana le dijo que no era necesario.

«Ya te dije que era una malcriada», «La culpa es de África, que es una blanda», «Mira qué arañazo tiene Leo en la cara... Se lo hizo ella ayer», «Es más mala...», oyó a su abuelo explicar al resto. Vera, enfadada por lo que acababa de oír, se fue corriendo.

A veces, también tenía problemas a la hora de la siesta. Eso de dormir por la tarde no iba con ella. Era mucho rato en silencio y se aburría demasiado, así que un día se acercó a su primo para despertarlo.

—Leo, ¿jugamos a algo?

—Estoy durmiendo —dijo él entre sueños.

—Pero me aburro, Leo... —contestó Vera.

—¡Vete! ¡No me dejas dormir! ¡Eres tonta! —gritó de repente el niño, al que sí le gustaba mucho hacer la siesta.

Los abuelos se despertaron y fueron a ver qué pasaba. Al ver a Leo señalando a Vera y a esta con ojos temblorosos, el abuelo preguntó:

—¿Qué pasa aquí? ¿Qué has hecho ahora, Vera?

—Nada. Yo no he hecho nada. Yo no he sido —dijo la niña, temiendo que la volvieran a castigar.

—¡Me ha despertado! —gritó Leo con gesto de estar a punto de llorar, porque se había levantado de mal humor.

—Sí, y a nosotros también. ¡Y, encima, es mentirosa! —respondió el abuelo, que se acercó enfadado a la niña para cogerla del brazo y llevársela—. ¡Ya está bien, Vera! ¡Vamos abajo y deja dormir a tu primo! Al menos, que él duerma un rato, porque a los demás ya nos has despertado, ¡y cada día lo mismo!

—¡Cada día no! —contestó Vera, que tenía razón, pues no ocurría lo mismo todos los días.

—¡Y, además, me replicas! ¡Qué maleducada eres, Vera! ¡Qué mala eres!

—¡¡¡No soy mala!!! —gritó la niña intentando zafarse de su abuelo.

—No haces caso, haces lo que te da la gana, nos contestas, nos mientes, eres maleducada con las visitas, no obedeces... ¡Sí eres mala!

Otro día, en la playa, Vera no quiso compartir su cubo y su pala con otra niña, y la abuela la castigó a quedarse sentada bajo la sombrilla. Luego la oyó hablar con una amiga:

—Ya le hemos dicho a su madre muchas veces que a esta niña hay que darle un buen cachete, pero... hace lo que quiere...

—Esta es la que no tiene padre, ¿no?

—Sí. Si es que es más mala...

Vera empezó a llorar, enfadada. Quería tirar arena y piedras, pero como sabía que eso no estaba bien, se puso a gritar y a llorar muy fuerte. Se sentía extraña, como si tuviera un monstruo dentro.

—No la miréis. No le hagáis caso —dijo la abuela—. Vera, ya basta. Mira qué fea te pones cuando lloras. Hasta que no dejes de llorar no te vamos a hacer caso. Lo siento, pero, si te pones así, no vas a conseguir nada.

Y así pasó Vera el verano, entre momentos divertidos, juegos y risas, y, también, gritos, enfados y discusiones con los abuelos y su primo Leo. El que iba a ser un verano maravilloso se convirtió en el verano en que Vera descubrió que era mala y que tenía algo así como un monstruo dentro. El mismo monstruo que su madre descubrió el día que Vera volvió a casa.

—¡Qué alegría tenerte en casa otra vez, Vera! Cuánto te he echado de menos y cuántas ganas tenía de abrazarte —le dijo mamá cuando por fin estuvieron juntas en casa—. Has estado muy callada todo el camino en el coche, ¿va todo bien?

Vera se echó a sus brazos, pero de repente empezó a sentir que algo crecía dentro de ella por todo lo que había pasado en las semanas anteriores. Seguro que era su monstruo interior, que se hacía más y más grande. Entonces le gritó a mamá:

—¡Déjame! ¡Soy mala! ¡Tengo un monstruo dentro!

—Pero, Vera, ¿qué dices?

—¡Que me dejes! —le gritó enfadada—. ¡Me voy a mi cuarto! ¡Estoy castigada!

—Pero ¿castigada por qué?

—¡Porque soy mala!

Esa tarde África, su madre, habló por teléfono con los abuelos Andrés y Fina para intentar saber qué había pasado exactamente, pues durante el verano le habían dicho que todo iba bien.

Tras un buen rato de conversación con ellos, África fue a la habitación de Vera, que estaba hecha un ovillo en un rincón con Patitas.

—Estás muy enfadada, ¿verdad? También conmigo, ¿a que sí? Porque no he estado contigo cuando me necesitabas. Los abuelos te han dicho que eres mala. Pero no es verdad, Vera. Tú no eres mala. Y no tienes un monstruo dentro.

—¿No tengo un monstruo dentro que me hace ser mala? ¡Pero yo lo noto!

—No, Vera. Tienes lo mismo que yo. Y que Leo. Y que la abuela Fina y el abuelo Andrés. Tienes emociones. Y una de ellas es la rabia, o la ira, o el enfado. ¿Verdad que sí? Pues claro, todos nos enfadamos, no pasa nada. Lo que ocurre es que los abuelos son de otra época y tienen algunas ideas antiguas. Por eso te han dicho que eso no estaba bien. Pero no es verdad. Enfadarse es normal. Y alegrarse. Y estar triste. Todo eso son emociones. Y nos pasa a todos. ¡A mí también!

—Pero no les gusta que me enfade.

—No les gusta porque no entienden que aún no conoces bien tus emociones y que no las sabes controlar. Solo hay que conocerlas y aprender a saber qué hacer cuando nos sentimos así.

—¿Los abuelos no saben eso? —preguntó Vera, que empezaba a levantar la mirada.

—Creo que hemos de tener una larga charla con los abuelos, porque, si alguien se ha portado mal, me parece que han sido ellos. ¿Puedo darte un abrazo?

—¡Sí!

Y Vera se fundió en un abrazo con su mamá.

Y así es como Vera aprendió que ni los niños ni las niñas son malos, sino que a veces, simplemente, hacen cosas que están mal porque aún no han aprendido a hacerlas mejor. Y que no tienen un monstruo dentro que no pueden controlar, sino emociones como la tristeza, la alegría o la ira. Y que es normal sentirlas, pero es importante aprender a no hacer daño a los demás cuando aparecen.

¡Ah!, y también lo aprendieron los abuelos, y eso que a ellos no los castigaron en su cuarto.

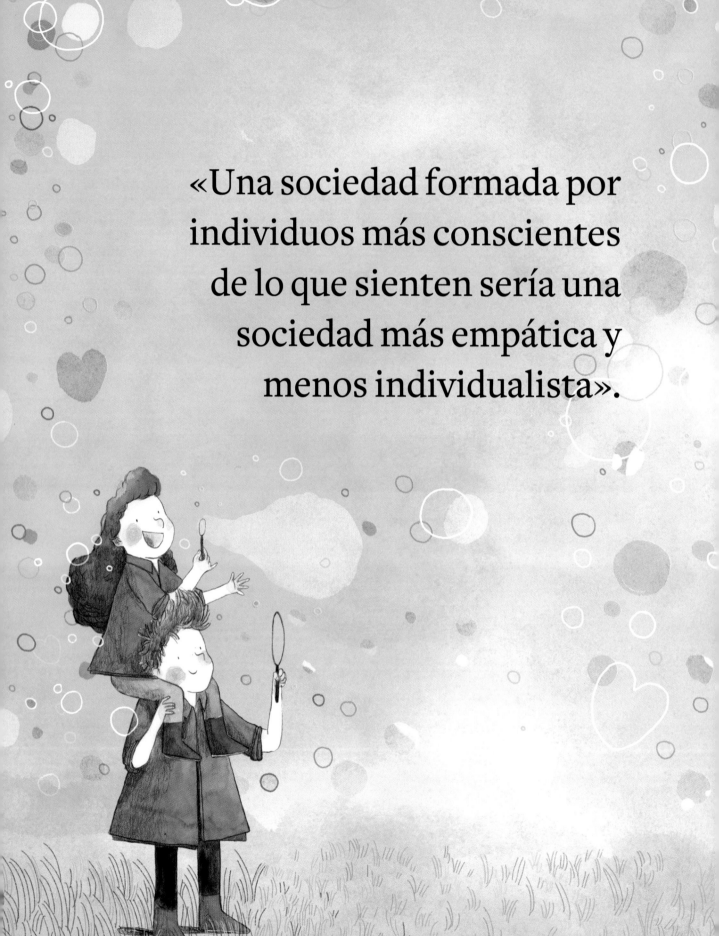

«Una sociedad formada por individuos más conscientes de lo que sienten sería una sociedad más empática y menos individualista».

Unidad didáctica para progenitores

Quizá al leer el cuento de Vera hayáis recordado que, en vuestra infancia, más de una vez os sentisteis como ella. Y, por desgracia, hoy les ocurre lo mismo a muchos niños y niñas.

Todos hemos visto alguna vez cómo nuestras emociones eran negadas o minusvaloradas, o cómo nos invitaban a sentir diferente porque, al parecer, a menudo sentíamos mal.

No podíamos enfadarnos, no podíamos estar tristes, no podíamos llorar. Y si pedíamos las cosas gritando o llorando, se nos ignoraba. Y es que parece que llorar y enfadarse está mal si eres un niño. Bueno, no, espera; también está mal si eres una persona adulta. Hay gente que llora y luego pide perdón... por llorar, por sentir. Pero ¿cómo hemos podido llegar a la conclusión de que tenemos que pedir perdón por expresar libremente nuestras emociones más genuinas? ¿Qué nos hicieron en la infancia? ¿Qué nos están haciendo ahora? Esto merece una profunda reflexión, ¿no creéis?

Los conflictos de Vera empiezan el día que su primo Leo pide quedarse con unos juguetes que, en realidad, no eran de nadie en concreto. El abuelo decide que se los podrá quedar al acabar el verano. Ella se enfada, porque no sabía que podía quedarse con los juguetes. Quizá ni siquiera los quería, y ya le parecía bien compartirlos con su primo sin que tuvieran un propietario claro. Sin embargo, llega un momento en el que pasan a ser de Leo porque él y el abuelo así lo deciden, y Vera se enfada. ¿Tiene derecho a enfadarse? Por supuesto. ¿Tiene derecho a tironear del pelo a su primo y arañarlo? No. Pero tiene cinco años, y es normal que lo haga porque no tiene más herramientas por ahora para gestionar su enfado.

Es importante ahí el papel del abuelo, que podría haber considerado que quizá no era justo darle esos juguetes a Leo, porque una persona no puede dar lo que no es suyo (y cabe pensar que los juguetes eran de Leo y de Vera, pues eran los que jugaban con ellos): «Lo siento, Leo —podría haber dicho—, esos juguetes no son míos, no puedo decidir si te los quedas o no». O en el caso de pensar que sí eran suyos porque estaban en su casa, podría haber caído en que Vera también podría querer tenerlos: «Me parece bien, Leo, pero tenemos que preguntárselo a tu prima, porque ella también juega con esos juguetes y quizá también quiera algunos. Vamos a preguntarle qué opina».

Sin embargo, defiende su decisión como la buena y cuestiona el deseo de Vera diciéndole que ella, como niña, no debería querer juguetes que son de niño. Creo que quienes me leéis tenéis igual de claro que yo que los juguetes no tienen género, que todos son de niño y de niña, independientemente de si son rosas, azules, verdes, cocinitas, muñecas, coches, balones o helicópteros. Que sí, que la sociedad hace mucha fuerza aún para intentar encasillar a niños y niñas según sus juegos, vestimenta y costumbres, pero, en la medida de lo posible, la familia debería evitar entrar en estos temas. Por suerte, Vera lo tiene claro.

Pero vuelvo a la clave del conflicto. Vera está molesta, enfadada consigo misma, con su primo y con el abuelo. La niña le ha hecho daño a Leo y le ha dejado una evidente marca en la cara. Tiene derecho a estar enfadada, pero no debe hacerle daño. No es esa la manera adecuada de expresar su enfado ni de solucionar las cosas, y las personas adultas estamos para eso, para intentar ayudar a los peques a expresarse de otro modo, a transitar sus emociones de una manera más madura, responsable y respetuosa con los demás. Si no, acabarán como todos esos adultos que, cuando se enfadan, gritan, pegan y rompen cosas. ¿Acaso lo hacen porque de pequeños no aprendieron a gestionar sus emociones de otro modo? ¿Qué opináis? Yo estoy seguro de que esa debe de ser la razón. Si cuando llorábamos y nos enfadábamos nos decían que estábamos feos, que no se llora, que no nos harían caso si seguíamos gritando y llorando, ¿cómo se suponía que íbamos a comprender lo que sentíamos y cómo íbamos a aprender a gestionarlo?

Es como querer enseñar a un niño a nadar sin meterlo apenas en el agua: «Hijo, de vez en cuando, métete un momentito en la piscina, pero sal enseguida, no te mojes. Y a ver si aprendes a nadar, que ya eres mayor». Llegas a la edad adulta y te sueltan en el agua... «Pero ¿por qué no nadas?». Pues no nadas porque nunca has tenido la posibilidad de nadar. Te has mojado un montón de veces, pero nunca has podido mover los brazos ni las piernas lo suficiente como para aprender a flotar, y ahora te ves con el agua al cuello. Y así, con el agua al cuello en sentido metafórico, hay por todas partes personas adultas que no saben expresar lo que sienten o, peor, que no saben identificarlo. Si no ser capaz de verbalizar lo que se siente es un problema, imagina no ser capaz de comprender lo que te pasa. ¡Demoledor!

Cuando aparece la tristeza, la ira..., al no saber gestionarlas por no tener herramientas, surge el niño o la niña que llevamos dentro y empieza a gritar, a romper cosas, a levantar la mano para golpear... Son auténticos discapacitados emocionales en cuerpos de personas adultas. Todo, porque cuando tocaba trabajarlo, se cerró esa puerta. Nos sacaron del agua cuando queríamos empezar a bracear. «No, cariño, no puedes nadar. Solo te quiero cuando estás fuera del agua, seco. No te quiero si lloras. No te quiero si te enfadas». Cuando nos enfadamos, muchos nos comportamos como niños, porque no nos dejaron aprender más.

Por eso, cuando alguien me dice: «No hemos salido tan mal, y, gracias a cómo me criaron, ahora soy una persona de bien», solo se me ocurre contestar: «En realidad, no hemos salido tan bien, y, de hecho, si eres una persona de bien, no es gracias a cómo te criaron, sino a pesar de cómo lo hicieron».

Y ahí tenemos a Vera con su abuelo, que tampoco tiene herramientas porque creció sin ellas, porque tampoco aprendió a nadar cuando debía haberlo hecho. Y, por eso, en vez de acompañar a su nieta en la vivencia de sus emociones, en vez de validarlas, le dice que se vaya a su habitación, porque, si no, se ganará un buen azote. Un buen azote. «No pegues a tu primo, que, si no, te pego yo». ¿Qué educativa es una frase así? ¿Qué sentido tiene decirle a un niño o a una niña que está aprendiendo a relacionarse con sus iguales y con personas adultas que, si pega, se le pega?

No tiene ningún sentido. Nosotros somos los adultos. Y eso quiere decir que debemos comportarnos como tales, y no pegar, y no gritar, y no romper cosas. O, al menos, debemos intentarlo..., ya que, como no nos enseñaron a nadar, cuando nos metemos en el agua, aún hay días que tragamos agua. Hemos de ser un buen modelo para nuestros peques. «Si tú, hija mía, gritas, yo te hablo con un tono normal, para que tú intentes llegar al punto en el que estoy yo. No soy yo quien te tiene que imitar y acabar gritándote, porque entonces seremos dos niñas gritándonos. Si me pegas, o me intentas pegar, yo no responderé pegándote, porque tienes que comprender que no es así como debemos relacionarnos ni expresar el enfado. Hija mía, yo muchas veces me enfado contigo, pero no te pego. Y no me grites, que yo tampoco te grito... Bueno, a veces sí, y te pido perdón por ello. Intentaré tener más paciencia la próxima vez». Sí, lo habéis leído bien. Se le pide perdón por haberle gritado, porque no se grita a las personas. Es una falta de respeto. Aunque sea tu hija, es una falta de respeto igualmente. Si no quieres que nadie te grite, no grites. Es una norma que sirve tanto si eres una persona adulta como si eres una niña o un niño. Sirve si eres persona. Y sí, por si os lo preguntáis, yo también he gritado a mis hijos. Y después les he pedido perdón por haberlo hecho.

Todos fuimos Vera alguna vez cuando nos decían que teníamos que portarnos bien, o que habíamos sido malos y no entendíamos muy bien a qué se referían. Porque el error es de concepto. Un niño no es ni malo ni bueno. Tampoco una niña. Son personas que a veces hacen cosas bien y a veces hacen cosas mal. Y en la mayoría de ocasiones no tienen la intención de hacer daño de verdad, porque aún tienen que acabar de comprender qué es lo que está bien y qué es lo que está mal. Es decir, es raro que un niño o una niña tenga la intención de hacer cosas mal por iniciativa propia. Y si sucede esto, habrá que intentar descubrir por qué, ya que cuando cualquier peque da muchos dolores de cabeza es porque tiene muchos problemas y no encuentra otra manera de hacerlo saber.

Por eso, ¿no creéis que no tiene sentido decirle a una niña de cinco años que es mala? Es un concepto tan ambiguo que le ayuda muy poco. Es mucho mejor decir algo como: «Entiendo que te hayas enfadado porque tú también querías los juguetes que tenía Leo, pero no estuvo bien que le hicieras daño. Ahora Leo está molesto contigo y le has hecho esas heridas en la cara... ¿Hay algo que puedas hacer para que se sienta mejor?». Y quizá Vera siga enfadada, y podría expresarlo así: «En realidad, sigo enfadada porque no me parece justo que se haya quedado con esos juguetes, pero le pediré perdón por haberle tirado del pelo y haberle arañado». En el caso de que le respondieran que está muy bien pedir perdón, pero que ya no debería estar enfadada..., se cometería otro error, porque el enfado es una emoción genuina, y Vera tiene todo el derecho a sentirla, aunque haya pasado un día, diez semanas o diez años.

¿Y lo de dar besos? ¿Qué me decís de eso? Todos hemos sido Vera, ¿verdad? Todos nos hemos visto obligados a dar besos a gente que no conocíamos. Y si decíamos que no, se nos chantajeaba. Un beso a cambio de un dulce o un juguete. Normalmente, por convención social y para ser educados, damos dos besos al saludarnos. En cambio, a los niños les pedimos un solo beso. En este caso no es por educación, sino para exigirles una muestra de cariño y de amor, una afección que quizá no sienten hacia nosotros. Y si nos niegan el beso, les ofrecemos un premio para que nos lo den. Esto se debe a nuestra necesidad de sentirnos amados por ellos. Es nuestra manera de engañarnos a nosotros mismos y un modo feo de obligarlos a expresar con sus labios un amor que quizá no sienten.

¿Os imagináis que mañana una persona desconocida les pida un beso? Si han aprendido que hay que besar a la gente, aunque no quieran hacerlo, quizá le den un beso. ¿Y si dicen que no, pero esa persona se saca un dulce del bolsillo? Es un mensaje demasiado peligroso, sobre todo teniendo en cuenta que la mayoría de casos de abuso sexual en la infancia no provienen de desconocidos, sino de personas próximas a los niños y las niñas. Amigos o familiares. No los debemos incitar a dar muestras de amor o cariño por educación. Además, al obligarlos a hacerlo nos estaríamos olvidando de respetar sus sentimientos.

Si avanzamos con el cuento, vemos que Vera empieza a mentir para evitar ser castigada de nuevo. Sí, es una de las consecuencias lógicas de los castigos. Cuando se impone una pena, cuando te enfadas mucho con tu peque, cuando le gritas, cuando le haces daño..., corres el riesgo de que empiece a mentir. A menudo es inevitable, porque, de un modo u otro, acabamos haciendo sentir mal a nuestras hijas e hijos, aun cuando estamos poniéndoles límites lógicos. Porque a veces quieren cosas que no pueden ser, y se enfadan con nosotros y se intentan proteger mintiendo..., pero, dentro de lo inevitable, todos queremos un hijo o una hija que sea lo más sincero posible, ¿no? Como decía antes, si queréis que vuestros peques no os mientan, tratad de ser personas adultas: no gritéis, no castiguéis, no peguéis..., y así será más fácil que os cuenten lo que han hecho o dejado de hacer, y en qué sienten que se han equivocado. Porque ¿queréis que aprendan de sus errores o queréis que paguen por ellos? Lo primero, ¿verdad? Pues: «Cuéntame, hija mía, qué ha pasado, y vamos a ver si entre los dos encontramos una solución».

Aún recuerdo una vez que mi hijo mediano nos explicó algo que le había pasado meses atrás en el colegio, ¡¡¡meses!!!, porque no se había atrevido a contárnoslo antes por si nos enfadábamos. El día que nos lo explicó, se echó a llorar. Llevaba meses guardándose algo ahí dentro que le hacía daño y que necesitaba soltar, porque le parecía mejor tenerlo escondido que lo que le podría pasar si nos enfadábamos.

«Yo nunca me enfadaré contigo, hagas lo que hagas —le dije—. Así que, si alguna vez te pasa algo que te preocupe por lo que sea, puedes venir a contármelo. Si quieres, puedes recordarme que una vez te dije que no me enfadaría me contaras lo que me contaras. Luego te escucharé y te ayudaré en lo que pueda». Y con eso bastó.

Hay progenitores que escriben una nota en la que ponen algo así: «A entregar cuando sienta que mamá o papá se van a enfadar conmigo si les cuento la verdad. Si entrego este papel, no se enfadarán conmigo». Yo no lo hice porque prefería un acuerdo verbal. No fuera que perdie-

ra el papel y volviera a callarse algo importante. Y un día se acercó y me lo dijo: «¿Te acuerdas de que un día me dijiste que podía contarte cualquier cosa y no te enfadarías?». Respondí que sí, y entonces me contó algo que le preocupaba y juntos intentamos hallar una solución.

Y, aun así, soy consciente de que me mentirá y me esconderá cosas muchas veces... Como yo también hago. Como hacemos todas las personas adultas del mundo, que a veces prefieren no decir la verdad, porque la verdad, a menudo, duele. Tu hijo o tu hija te va a mentir. Muchas veces. No seas muy duro cuando esto suceda. Pero si quieres que lo haga menos veces, y sobre todo si quieres que no te mienta sobre algo importante, sé esa persona adulta que querrías haber tenido en tu vida cuando eras peque.

Todos hemos sido Vera alguna vez, cuando hemos sentido que nuestro termómetro de las emociones está roto. Que sentimos mal. Que no tenemos permiso ni derecho a expresar nuestras emociones porque estamos equivocados. Que no podemos decir a los demás «Estoy triste» o «Estoy enfadado» porque está mal sentir estas emociones. Que tenemos que responder «Bien» cuando nos preguntan cómo estamos, aunque nos estemos cayendo a pedazos. Por eso, Vera llega a su madre tan sensible, irritable y necesitada de abrazos, porque durante un verano entero no se ha sentido libre de sentir. Y porque no era capaz de entenderse a sí misma al recibir definiciones erróneas de sí misma por parte de otras personas.

Por suerte, al final Vera puede abrazar a su madre, que valida lo que había sentido y que le ayuda a comprender qué son las emociones, por qué somos todos libres de sentirlas y por qué lo importante es encontrar la manera de transitarlas sin hacernos daño y, por supuesto, sin hacer daño a los demás.

Porque ¿os imagináis una sociedad llena de individuos más conscientes de lo que sienten? Yo sí. Seríamos una sociedad más empática y menos individualista. Sería maravilloso. Seríamos imparables.